麟 角 集

白兆麟　著

合肥工業大學出版社

图书在版编目(CIP)数据

麟角集/白兆麟著．—合肥：合肥工业大学出版社，2017.3
ISBN 978-7-5650-3310-0

Ⅰ.①麟…　Ⅱ.①白…　Ⅲ.①散文集—中国—当代②书评—中国—现代—选集　Ⅳ.①I267②G236

中国版本图书馆 CIP 数据核字(2017)第 053141 号

麟　角　集

白兆麟　著　　　　责任编辑　朱移山

出　版	合肥工业大学出版社	版　次	2017 年 3 月第 1 版
地　址	合肥市屯溪路 193 号	印　次	2017 年 5 月第 1 次印刷
邮　编	230009	开　本	710 毫米×1010 毫米　1/16
电　话	人文编辑部：0551-62903310	印　张	12.75　彩　插　0.25 印张
	市场营销部：0551-62903198	字　数	168 千字
网　址	www.hfutpress.com.cn	印　刷	安徽联众印刷有限公司
E-mail	hfutpress@163.com	发　行	全国新华书店

ISBN 978-7-5650-3310-0　　　　定价：38.00 元

白兆麟(1937—　):生于安庆,长在徽州。安徽大学中文系教授、汉语言文字学学科博士生导师,曾任中国训诂学研究会副会长。先后名列英国剑桥大学《世界名人录》(第16版)和美国哈佛大学《国际学者名人传》(第10版)。1992年起享受国务院政府特殊津贴。发表学术论文近百篇,主要收入《安徽大学汉语言文字研究丛书·白兆麟卷》;出版专著三十余种,主要有:《〈盐铁论〉句法研究》(2003)、《新著训诂学引论》(2005)、《〈马氏文通〉综论》(2010)、《续经籍纂诂》(常务副总纂,2012)、《国学与中华传统文化》(2014)、《新著汉语文法》(2017)。另有三本散文集。

前　　言

在三本散文集相继出版(《顾盼集》2012、《睎睋集》2014、《鼎立集》2016)的前后几年里,我不仅把过去几十年积累的有关文言语法的论著整理成一部《新著汉语文法》,而且又继续写了五个长篇书评和二十多篇杂感随笔。不久前,得知我们省古籍整理委员会出版计划里有个"桓谭《新论》"的项目,这与我四十年前曾经参与并主笔的"桓谭及其《新论》"的初步成果正相吻合,故而我又着手《桓谭〈新论〉校注》的修订,于今已经付稿。

春节过后不久,商务印书馆周洪波总编辑亲自打来电话告诉我,寄去的书稿《新著汉语文法》经专家委员会评审已经顺利通过,即将由责任编辑接手后续工作。虽在意料之中,但我依然兴奋异常,因为这是我大学毕业以来所从事汉语文法学教学与研究的心血之结晶,也是上天于我晚年所赐给的极为珍贵的礼物。

是的,视写作如情爱,以专业为生命,一生坚守,忠贞不渝。数年前侨居美国期间,我曾经不由自主地写了一首诗,题为《晚年的情缘》,就是上述情怀的流露。为省篇幅,仅摘数句如下:

面对一身的黑皮肤,
我毫不犹豫依然爱上了你;
每次坐在你的跟前,
我总是充满着激情与爱意。
多少个白天和夜晚,
你都包容我的烦恼与多情;
我给你无数的敲击,

你编织的都是流畅的文字。

你我一向心照不宣，
为我构思是你的无限忠贞；
你我始终相思与共，
为我写出缠绵不尽的情丝；
两鬓霜白遇上了你，
晚年的生活啊才多彩多姿；
向往写作徜徉天地，
生命就再也不能与你分离。

正是出于上述情意，我便把近几年写就的二十几篇杂感和随笔与五篇书评再凑成一个集子，原来题名为《坚贞集》，后有友人建议可改名为“麟角集”。这不禁使我联想到学界同道老友、贵州大学教授袁本良的诗句：“麟角清心学问少，牛毛满眼利名多”。我心里很清楚，毕竟已是耄耋之年，十余年的写作之态势，如同钱塘江之潮涌，潮头已过，余波渐落，或许这是最后一本文集了，因而不免珍而惜之，“麟角”其名也含此深意，即期望有个清静的归宿吧。

这本集子的内容大致包括三个方面：其一是有关国学经典以及由“国学”生发出的深度思考；其二是有关汉语学以及汉字方面的有趣解析；其三是有关阅读本身的感受与几部论著的书评。最后一篇是应《新安晚报》“我与名著有约”栏目征稿而写作的，未曾预料，到了晚年还得了个什么优秀奖。此篇作为这本《麟角集》的“后记”亦未尝不可。

如果要问出这本文集一定还有什么追求的话，那么坦率地说，是追求一种境界，即拂却功利尘埃，排除世俗干扰，力求用简洁的文字、洗练的手法、平静的心态、稳健的思考，表达一种体现民族传统、融合中西文化的厚重力量。是耶？非耶？听任读者评判吧！

著者于安大困庐
2016年6月24日

目　录

《周易》之“道”与“象”

一

我在美国寓居期间，曾经发表过一篇题为《关于〈易经〉的再思考》的文章（《海华都市报》2011－12－30），其第二段指出：“《易经》本名《易》，曾历经三个阶段。其一是《易》的自然形态，当为原始初民观察自然的集体智慧的结晶；其二是哲学形态，当由孔子整理，并吸收老子哲理而形成的哲学理念；其三是阴阳形态，即经过阴阳家改造，掺进了原始迷信的消极观念。”

在说到《易经》从自然到哲理的过渡时，文章倒数第二段又指出：“《易经》虽然经过儒家始祖孔子的一番整理，然而必须明白，这部典籍并非一人一时之作，……当是多人包括古老的巫师在内的集体加工而成。其中所包含的‘循环往复’‘防微杜渐’‘盈损谦益’‘否极泰来’‘因利乘便’等观念，与昂首天外的哲学家老子的思想倒是十分切近。”

文章最后总结说：“《易经》所蕴涵的天地之‘道’和生命之‘悟’，经过老子和孔子等先圣的阐述与发挥，逐步提升为具有哲学意蕴的‘哲理易’。其表现之一，《易传》所阐明的‘天地之道’和‘阴阳对立’的根本法则，实质上是对自然初始规律已有认识的自然之‘道’，即老子所谓‘道法自然’‘返朴归真’也。其表现之二，《易传》

所阐明的‘生生不息’‘终极关怀’的基本理念，实质上是对人生、对社会已有深刻认识的人生哲理与人文教化，即孔子所谓‘仁者爱人’‘大学之道’也。”（见《国学与中华传统文化》第11、15页，安徽人民出版社2014年版）

看来，以上论述应当是比较符合实际而合情合理的。如今在国内的书斋里再三研读《周易》之后，总觉得还有深入论述这部经典与老子学说之密切关系的必要。作为国学之源头的《周易》，自司马迁于《史记》中把它列为“群经之首”，其地位就已经确定下来了；加之历代儒生针对《易传》的儒学内容层层注释，从而使知识界大多数都把《周易》整个看作是一部“儒家经典”。其实，老子的学说在促成《周易》之哲学转化上起着关键性的作用，因而需要作进一步的论述。这里先要说明，本文写作依据三个工作本：金景芳《周易全解》（吉林大学出版社1989年版），高明《帛书老子校注》（中华书局1996年版），杨伯峻《论语译注》（中华书局1962年版）。

二

《周易》这部典籍由两部分构成：其一是《易经》，即所谓华夏文明始祖伏羲所画八卦、周文王所演六十四卦及所作卦爻辞；其二是《易传》，即战国中晚期学者解说《易经》之所谓“十翼”（《彖传》上、下，《象传》上、下，《系辞》上、下，以及《文言》《说卦》《序卦》《杂卦》）。《易传》有两个极为关键的词即“道”和“象”。本文从这两个关键词入手，对《周易》进行再次剖析。这一段先就第一个关键词——“道”，把《周易》与《论语》《老子》三部经典进行对比以见其实情。

《易传》之《系辞上》云：“一阴一阳之谓道。”其又云：“易有太极，是生两仪。两仪生四象。”《系辞传下》云：“《易》之为书也，广大悉备，有天道焉，有人道焉，有地道焉。”“道”是《易传》的最高范畴，“太极”实是“道”的同义概念。“太极”所生之“两仪”既指阴阳，亦指天地。《系辞》又云：“是故法象莫大乎天地，变通莫大乎四时。”那么“两仪”所生“四象”，当然是指天地所生之春夏秋冬“四时”了。

可见,《易传》所谓"道"主要是指"天道"。"道"这一最高范畴的提出,标志着整个《周易》实现了哲学的超越。

《论语》全书,根据杨伯峻先生的统计与解释,"道"字作为孔子的术语共出现 44 次,或指道德,或指学术,或指方法(《论语译注》第 301 页),其核心意义就是"忠恕"与"仁爱",明显地属于"人道"层面,几乎不涉及"天道"。孔子本人就说过:"吾道一以贯之。"其弟子曾参解释说:"夫子之道,忠恕而已矣。"(《论语·里仁篇》)他的另一个弟子子贡也明确地说:"夫子之文章,可得而闻也;夫子之言性与天道,不可得而闻也。"(《论语·公冶长篇》)两个弟子的评论,与平视人间的孔子整理文献、进行"仁德"教化的身份是完全相符的。

《老子》一书分《道经》和《德经》两篇。其《道经》开篇即云:"道可道,非常道。名可名,非常名。无,名天地之始;有,名万物之母。"我在 2006 年发表的《〈老子·道经〉首篇阐释》一文中就表明:老子开宗明义,先提出自己与众不同的"道",要突出它的非同寻常,即可以"称道",可以解释,却不可感知,因为它是"非常道",即"形而上之道"。对此,老子自己作过描述:

有物混成,先天地生。寂兮寥兮,……可以为天下母。吾不知其名,字之曰道。(老子·第二十五章)

道生一,一生二,二生三,三生万物。(老子·第四十二章)

可见,老子的"道"是"先天地生"的宇宙之本原。他把"天地"的最初形态称作"无",并把它描述为"敦兮其若朴,混兮其若浊",而"混敦"既是对"道"也是对"无"的最好诠释。显然,是这"非常"之"道"创造了宇宙和万物:所谓"混敦"之"道"是指自然的本质,即自然运动的规律或有规律的运动;这种运动创造了宇宙本体(道生一);这个本体一分为二,成为阴和阳的对立统一(一生二);两个对立面相互作用产生了新的事物(二生三);这种新事物是多种多样、千姿百态的(三生万物)。看来,这位巨人昂首天外,洞察宇宙,通透世界,生来就善于进行哲学的思考,其"道"即是万物生成变化的法则。(参见《国学与中华传统文化》,2014 年版)

再回过头来看《周易》，其《序卦传》篇首云："有天地，然后万物生焉。"联系上引"易有太极，是生两仪"之说，《易传》在确立阴阳二元促成万物生成变化的宇宙模式时，显然汲取了老子"道"论的哲学思想。

哲学界名家大多认为，在中国哲学史上，老子是第一个提出并解释了宇宙的终极存在的问题，成就了中国文化从原始巫术到人类理性的伟大超越。上述所谓"道生一"云云的世界万物生成论，从根本上摆脱了殷周早期文化的巫术背景，表明了老子学说鲜明的无神论品格。

三

再就第二个关键词——"象"，来进行上述三部典籍的对比。《周易》又名"易象"，可见"象"集中显示了这部经典的核心内容。仅《系辞传》就屡屡言及"象"："易者，象也；象也者，像也。"所谓"象"，本有"拟象"（模拟）、"法象"（类比）等多种含义。魏时学者王弼注释《周易》云："触类可为其象，合义可为其征。"这说的是在"模拟""类比"之外，还存在以有物之境表虚无之理的象征意义。同窗好友汪裕雄教授专攻"意象学"，在论及《周易》时，不少见解与笔者的观点极为相近。尤其是说到其中的"象"多有高见，试看下列他所归纳的四"象"①：

其一，卦爻符号之"象"："圣人设卦观象系辞焉，而明吉凶。八卦成列，象在其中矣。卦者，言乎象者也。爻者，言乎象者也。"

其二，自然事物之"象"："在天成象，在地成形，变化见矣。悬象著明莫大乎日月。见乃谓之象。"

其三，物象模拟之"象"："圣人有以见天下之赜，而拟诸形容，象其物宜，是故谓之象。"

其四，类比符号之"象"："吉凶者，失得之象也；悔吝者，忧虞之象也；变化者，进退之象也；刚柔者，昼夜之象也。"

---

① 参看《传统美学的"意象中心"说》，《江淮论坛》1991 年第 2 期。

如果明白《周易》这部典籍的初始性质和整体内容，再综合思考以上四项即可理解，由阴阳二爻不同组合而成的卦画符号，既有具象性，又有抽象性；既通过类比象征关系与具体物象相联系，又深含义理而与宇宙生命相关联。显然，是初民们凭借自身的想象力，逐渐积淀起某种错综复杂的“意象”——由物质之意象转化为文化之意象的想象系统。

我们再翻遍整部《论语》，却不见一个“象”字，既说不上“形而下”的“物象”，更与“形而上”的“意象”沾不上边。

而老子却敏锐地觉察到，对于“道”的运行所显示的精微玄理，凭借“言”与“名”是难以穷尽表达的，对“道”的体认只能凭借意象：

有物混成，先天地生……吾不知其名，字之曰道，强为之名曰大。（老子·第二十五章）

是谓无状之状，无物之象，是谓恍惚。（老子·第十四章）

大方无隅，……大象无形。（老子·第四十章）

道之为物，惟恍惟惚。惚兮恍兮，其中有象。恍兮惚兮，其中有物。（老子·第二十一章）

执大象，天下往。（老子·第三十五章）

老子强调，“先天地生”的“道”亦即形而上的“大象”；它具有“恍惚”“无形”的特征，而在恍惚之中又“有物”“有象”；这种若有若无之“象”，是超越物象的意象，需要凭靠想象来体悟。《老子·十六章》即云：“致虚极，守静笃。万物并作，吾以观复。”《四十七章》又云：“不窥牖，见天道。”老子指出，使“万物并作”的“天道”（即天体运行的规律），只能凭靠内心虚静来“观复”，而掌握了“大象”（即大道），“天下”就会归往。《老子》文本里常用“玄牝”“雌母”“婴儿”等意象作为“无为而无不为”之“道”的象征，就是老子直观感悟的模式[1]。

就此与《易传》加以对比，显然与孔子“言而有信”的主张以及

---

① 参见《国学与中华传统文化》，安徽人民出版社，2014年版。

强调“正名”的学说相背离，而明显地倾向于老子的“非言”“非名”之论。

从老子的“大象”到《周易》的“意象”，以此命题来解说中国文化的起源，几乎成了那时以来国人的一种思维定式：以“象形”为基础的汉字“六书”构形法，以“脏象”“精气”导引出“体悟”功能的中医学，讲究“观象授时”的天文历法，将“意象”作为审美追求的山水画，林林总总，其影响之深广十分显著。

四

《周易》的哲学旨趣与老子的学说虽有一致之处，但无可否认，也有不一致之处。总的说来，前者推崇阳刚，侧重变动，而后者推崇阴柔，力主清静。这从《系辞传》列举几条即可明白。

其一：“天尊地卑，乾坤定矣。卑高以陈，贵贱位矣。”

《周易》改殷易《归藏》之首“坤”次“乾”颠倒为首“乾”次“坤”的排序，表明以男尊女卑、君尊臣卑的思想为主导。这与老子学说中注重“母”“阴”统系的理念明显不同。

其二：“乾以易知，坤以简能。易知则有亲，易从则有功。有亲则可久，有功则可大。可久则贤人之德，可大则贤人之业。”

《周易》由乾坤之德性引入并归结为人事，强调人的主观能动性，着眼于德操和事业。这与老子所谓“人法地，地法天，天法道，道法自然”，引导人进入自然的状态显然旨趣不一。

其三：“旁行而不流，乐天知命，故不忧。安土敦乎仁，故能爱。”

《论语》记载，孔子说过“五十而知天命”，“五十以学《易》，可以无大过矣”。这与上引“乐天知命”的言论相沟通；而“安土仁爱”却与老子所说的“绝仁弃义”和“天地不仁”相背离。

其四：“言行，君子之枢机，枢机之发，荣辱之主也。言行，君子之所以动天地也，可不慎乎！”

《易传》强调，“言行”是“君子之枢机”，“君子”凭以惊动“天地”，自然要谨言慎行。这又与孔夫子的理念相一致，而与老子所谓“不言之教”、所谓“非言”之道互不相及。

我们不妨再以《周易》六十四卦之一的“困”卦为例来具体说明。“困”卦之符号由八卦之“坎”在下、“兑”在上组合而成。“坎”卦代表水，“兑”卦代表泽。按照常理，水在泽下，自然是泽中干涸无水之象，正是困乏的表现。其卦辞却曰：“困，亨。贞大人吉，无咎。有言不信。”“困”是困乏、困顿，而“亨”是亨通，卦辞以亨释困，这是为何呢？其下用来说解卦辞的“彖传”曰：“困，刚揜也。险以说，困而不失其所亨，其唯君子乎！贞大人吉，以刚中也。”

从卦画的角度来看，所谓“刚掩”指兑卦为阴而在上，坎卦为阳却在下，阳刚为阴柔所掩蔽。这隐含的是“天地”之道。所谓“险以说（脱），困而不失其所亨，其唯君子乎”，正是针对卦辞“困，亨。贞大人吉”所言，其意是就卦之德性而言，坎卦之德“险”，而兑卦之德“说（脱）”，由于处险境却能致脱，岂不是开始困顿而后亨通吗？不过其条件是“其唯君子乎”，即只有君子处困境而能亨通。由此联想到孔子所说的“君子固穷，小人穷斯滥矣”，这明显是由“天道”引入“人道”了。所谓“刚中”，意谓刚正之君子身处困境之时犹能善守正道，最终“无咎”而得吉。这与下面的《象曰》所说的“君子以致命遂志”正相吻合。看来《易传》对“困”卦之解说，融合了老子的“物极必反”之天道观与孔孟的“舍生取义”之人生观这两种不同的哲理。

由此可见，《周易》所谓“观象制器”，即以形而上的“道”统领形而下的“器”，其“道”显然是“天道”“地道”“人道”三者的统一体。《说卦》即云：“立天之道曰阴与阳，立地之道曰柔与刚，立人之道曰仁与义。”显而易见，《易传》作为《易经》的延伸与发挥，实际上综合了道、儒两家的精妙论说与核心精神，这才是《周易》这部经典的实质。

老子的政治哲学

众所周知，哲学研究的对象和内容大致分属三个方面，即自然哲学、社会哲学和人生哲学。老子之《道德经》，从总体来说，无疑属于自然哲学。这在我过去撰写的有关老子的数篇论文已经阐述明白[①]。不过，老子毕竟曾经担任过周王室的史官，《道德经》一书里有许多言论都符合一个史官与王侯交谈的身份，其辩证的思维方式也体现出史官表述的特点。正如西汉学者班固于《汉书·艺文志》所云："道家者流，盖出于史官。历记成败存亡祸福古今之理，然后知秉要执本，清虚以自守，备弱以自持，此君人南面之术也。"此种概括自是宏观把握，亦大体吻合。如今看来，所谓"君人南面之术"说的是政治，就《道德经》而言当属于社会政治哲学。本文即重点考察老子有关政治哲学的言论。

一

首先，从《道德经》用语来看，不仅出现不少"侯王""万乘之主"

---

① 《老子·道经》首篇阐释，2006年；再论《老子》一书的功能与性质，2008年；《老子》之"一"字考释，2009年。均见《国学与中华传统文化》，安徽人民出版社2014年版。

一类的称呼，而且还明确提出“圣人处无为之事，行不言之教”的主张，表现出言说者俨然以帝王师的身份向他们灌输“君人南面之术”。以下列出部分有关言论[①]：

重为轻根……奈何万乘之主而以身轻天下？（《老子·第二十六章》）——根，根基。

道常无名……侯王若能守之，万物将自宾。（《老子·第三十二章》）——宾，宾服。

道常无为而无不为。侯王若能守之，万物将自化。（《老子·第三十七章》）

昔之得一者，天得一以清，地得一以宁，神得一以灵，谷得一以盈，万物得一以生，侯王得一以为天下贞。（《老子·第三十九章》）——贞，通“正”。

以上所引《第三十九章》为《道德经·德经》之第二章，所述涵盖了“天地、神谷、万物、侯王”，可谓老子整个哲学体系之大纲。其首句是总说，“昔”即“始”，“得一”即“德一”；以下各句是分说，最后一句“侯王得一以为天下贞”，即老子政治哲学之纲领。其中七个“一”字，从来学者不是解释为“道”，就是解释为“太极”，在其语境里不仅显得有些玄虚，而且与老子的本意也并不相吻合。认真考察《老子》文本八处的十五个“一”字，其中三处的“一”明显是用作数词（基数或序数），其余五处的“一”都是由数词很自然地引申为“一物”“一体”“一致”“专一”“独一”“同一”等[②]。

那么，“侯王得一以为天下贞”这句该如何解释呢？王念孙《读书杂志续编》云：“《尔雅》曰：‘正，长也。’‘为天下正’，犹《洪范》言‘为天下主’耳。下文‘天无以清’‘地无以宁’，即承上文‘天得一以清，地得一以宁’言之。又云‘侯王无以贵高’，‘贵高’二字正承‘为天下正’言之，是‘正’为君长之义，非平正之义也。王弼本‘正’作

---

① 参见高明：《帛书老子校注》，中华书局，1996 年。下同。

② 《〈老于〉之“一”字考释》，《杭州师范大学学报》2009 年第 3 期。

'贞',借字耳。"王氏解析有理,这句是说:侯王德性专一而成为天下之主。不过,这"主"字的意义不能过于坐实,所谓"正"或"主",用老子的哲学术语来表达,当为"垂范、表率"之义。

其次,《老子》与《论语》两部经典都提及"圣人"一词,但其含义截然不同:于后者是指"具有最高道德标准的人",而于前者是指"得道的君王"。试看《老子》所云:

是以圣人处无为之事,行不言之教。(《老子·第二章》)

是以圣人之治,虚其心,枯其腹,弱其智,强其骨。(《老子·第三章》)

就政治哲学而言,老子显然主张推天道以明人事。联系《老子》一书分"道经"和"德经"两大部分,所谓"道"主要谓"天道",所谓"德"主要谓"人德",尽管二者有所交叉,而前者主要是指比较普遍而抽象的原则或规律,后者主要是指王侯个人所应具有的品性与方术。这正是老子哲学所呈现的"天人之学"的特征,即正确处理天道与君王之间关系的根本原则——"无为而无不为"。

老子的"君人南面之术",既然立足于"天道",即建立在自然法则的基础之上,因而具有普适性。也就是说,《老子》所表述的政治哲学虽然是针对被称为"圣人"的侯王来说的,但其中赖以确立基础的"道"却是普遍适用于所有的人。老子强调说:"我有三宝,持而保之,一曰慈,二曰俭,三曰不敢为天下先。"(《第六十九章》)这里所显示的柔弱姿态,即班固所谓"清虚以自守,卑弱以自持",正是一种冷静若愚的大智慧。这种大智慧还呈现于以下各章:

是以圣人后其身而身先,外其身而身存。(《老子·第七章》)

夫唯不争,故天下莫能与之争。(《老子·第二十二章》)

坚强者死之徒,柔弱者生之徒。强大处下,柔弱处上。(《老子·第七十六章》)

总括而言,老子是要告诫君主要"自我克制",用他的话来说就是"无为",只有君主"无为",才能听任百姓达到"自然"的状态。故老子最终总结说："圣人之道，为而不争。"十分明显，老子是在向侯王乃至世人宣扬一幅"道常无为而无不为"的自然而然的大场面。

二

以上所述，是包含在"形而上"的老子哲学体系里的政治哲学的纲领。在此纲领之下，老子还提出了一些"形而下"的治国方略。

其一是节欲，即从政治哲学理念上对治国者提出要求。以下是老子对执政者的劝诫：

贵以贱为本，高以下为基。是以侯王自谓孤寡不谷。(《老子·第三十九章》)

祸莫大于不知足，咎莫大于欲得。(《老子·第四十六章》)

圣人无常心，以百姓心为心。(《老子·第四十九章》

天下难事必作于易，天下大事必作于细，是以圣人终不为大，故能成其大。(《老子·第六十三章》)

是以欲上民，必以言下之；欲先民，必以身后之。是以圣人处上而民不重，处前而民不害。(《老子·第六十六章》)

今舍慈且勇，舍俭且广，舍后且先，死矣。(《老子·第六十七章》)

很明显，老子是从清静无为的高度要求君主侯王提高自身的修养的。

其二是简政。老子指出："天之道，损有余而补不足。人之道则不然，损不足以奉有余。"(《老子·第七十七章》)。而违背上述天道，施行如此人道，必然造成富者愈富、贫者愈贫的社会不公现象，最终之恶果是"朝甚除(涂)，田甚芜，仓甚虚"(《老子·第五十三章》)。老子强调，其根源就在于"民之饥，以其上食税之多，是以饥"(《老子·第七十五章》)。

针对这种社会不公的现象及其根源，老子进一步提出了解决问题的根本方案，那就是"为无为，事无事"(《老子·第六十三章》)的简政之法，达到官不扰民、民安其事的和谐的政治局面。老子引圣人云:“我无为而民自化,我好静而民自正,我无事而民自富,我无欲而民自朴。”(《老子·第五十七章》)老子还把此种施政理念形象地比喻为“治大国若烹小鲜”(《老子·第六十章》)的治膳方法,治理国家切不可无间断地翻动折腾,那样势必造成国贫民穷、社会动乱,而“民不畏死,奈何以死惧之?”真到那时,“侯王无以贵高,将恐蹶”(《老子·第三十九章》),君主侯王也就免不了要成为亡国之君了。

其三是反战。老子目睹春秋晚期诸侯兼并的战乱,指出“大军过后必是灾年”,因而强调:“兵者不祥之器,非君子之器,不得已而用之。”(《老子·第三十一章》)他根据向来“吉事尚左,凶事尚右”(《老子·第三十一章》)的礼仪与习俗,指出“君子居则贵左,用兵则贵右”(《老子·第三十一章》),说明战争是大凶之兆,因而深恶而痛绝,强调“天下有道,却走马以粪。天下无道,戎马生于郊”(《老子·第四十六章》),对待军事,君王必须“恬淡为上”。即使不得已而用兵,也应当切记“不敢为主而为客,不敢进寸而退尺”(《老子·第六十九章》),因为“强梁者不得其死”,“胜而美之者是乐杀人;乐杀人者,不能得志于天下”。这与前面所说的“一慈、二俭、三不敢为天下先”的政治理念完全一致。否则,“舍慈且勇,舍后且先,死矣”!

三

最后不能不提及老子所设想的政治实体。这就是近现代以来一直遭受批判的所谓历史倒退论:

> 小国寡民,使有什伯之器而不用,使民重死而不远徙。虽有车舆,无所乘之;虽有甲兵,无所陈之;使人复结绳而用之。甘其食,美其服,安其居,乐其俗,邻国相望,鸡犬之声相闻,民至老死不相往来。(《老子·第八十章》)

如果客观、准确、全面地理解上述言论,就必须联系老子个人的经历及其当时所面对的社会境况。作为周王朝典藏史官的老子,自然了解商汤、周武二王所开启的殷周盛世,而他晚年所目睹的现实却是国君掠夺、诸侯兼并、林木被滥伐、战争频仍、民生凋敝、百姓贫困。这不仅与殷周盛世不能相提并论，也与其少儿时所感受到的情景距离较远。再联系其《道德经》字里行间所涉及的对当时社会的描述，我们就不难理解老子晚年写作时内心所充满的愤懑与苦恼。我们说过，老子毕竟是一位天生的昂首天外的哲学家，其愤懑与苦恼必然非同一般，因而他所提出的治疗当时社会的方案也必然与众不同。《帛书老子·第四十二章》云："古人之所教，亦我而教人。"正如奚侗于《老子集解》所训释的："凡古人流传之善言以教我者，我亦以之教人。"①

以上所引一句所标明的，是高明所撰《帛书老子校注》一书的章节，而在今本《德经》却是置于"第八十章"。魏晋学者王弼如此安排，所反映的某种玄理似乎不难推测，即对人的生命的极其珍重，对"桃源"社会的极端向往，对人们所处生态环境的极度关注，对战争所造成灾难的特别反感。所谓"无为之益，天下希及之"(《老子·第四十三章》)，亦所谓"无为而无不为"也。

写到这儿，我不由得联想起陶渊明所描述的"桃花源"和西方空想社会主义者圣西门所设置的"乌托邦"。当然，西方"乌托邦"的构想，比老子"小国寡民"的设想要进步得多，因为老子的理想社会毕竟是限定在"结绳记事"的原始时代。

然而无可否认，面对近一个世纪以来各国高层执政者利欲熏心、贪婪无度、掠夺不止，造成空前的生态环境失衡，险恶天灾接连，局部战争不断，恐怖主义盛行，这一切恶果难道不是大自然之"天道"对人类社会的惩罚吗？老子所设想的"甘其食，美其服，安其居，乐其俗"的社会，陶渊明所描述的"桃花源"，圣西门所设置的"乌托邦"，不仅是代表了基层人民在不同历史阶段对"美好家园"的神往，而且也具有对现实社会的巨大警世作用。如此说来，今人对老子有关"小国寡民"的设想也就无须苛责了。

---

① 奚侗：《老子集解》，1925年序刊本；参见《帛书老子校注》。

庄子的养生观

2014年年末，我昔日的博士研究生、现任皖西学院文学院院长的马启俊教授，让我为他的在当年博士学位论文基础上修改完善的《〈庄子〉词汇研究》一书写篇序言。为此，我又重新翻阅了一遍郭庆藩所辑《庄子集释》(中华书局1961年版)。此次阅读意外地激起了我对庄子的“养生观”进行研究的浓厚兴趣。这便是本文写作的缘由。

一

庄子有关“养生”的学说，主要体现在《养生主》这一篇里。这里且引用其中一般题为《庖丁解牛》的故事：

庖丁对曰：“臣之所好者道也，进乎技矣。始臣之解牛之时，所见无非牛者；三年之后，未尝见全牛也。方今之时，臣以神遇而不以目视，官知止而神欲行。依乎天理，批大郤，导大窾，因其固然，肢经肯綮之未尝，而况大軱乎？良庖岁更刀，割也；族庖月更刀，折也。今臣之刀十九年矣，所解数千牛矣，而刀刃若新发于硎。彼节者有间，而刀刃者无厚；以无厚入有间，恢恢乎其于游刃必有余地矣！是以十九年而刀刃若新发于硎。”

所谓“官知”即视觉器官，所谓“神欲”即精神活动，所谓“天理”指牛的天然生理结构。那么，庖丁所说的“道”，原本指的是牛体内骨骼的生理结构。庖丁“官知止而神欲行”，顺应牛的自然生理结构，心领神会地去解剖牛，因而“游刃有余”，所使用的刀口也就当然一点儿也未曾受损坏，因而用了十九年还仍然像刚从磨刀石上磨出来的一样锋利。我们稍加思考即可从中体悟：所谓“养生”，关键在于遵循人的自然规律，维护人的生存本性。显然，庄子是秉承其精神上的宗师老子所说的“无为而治”即顺其自然的根本法则。

二

《庄子》一书的其余各篇也有涉及“养生”这个话题的。为了全面而切实地了解庄子的养生观，我们把指向同一事物达到三四次以上的言辞集中起来，予以排比归类，结果耐人寻味：庄子是从“天、地、人”三个方面来追根求源和正本清源的。

其一，以“天体”垂示法则：

要知道，天地本有一定的常道，日月星辰也自有其光芒和行列，禽兽本有群类，树木各自生长。如果真想使天下苍生皆有所养，何不顺着天道而行？（《天道》）

天道运转，无休无息，万物因此而生；圣人之道运转，无休无息，所以四海之士钦服。如果能明白天道，通晓圣道，并了解上下古今四方变化之道，其行为也就能归于平静了。（《天道》）

天自然就那么高，地自然就那么厚，日月自然就那么光明，它们又有什么“作为”呢？（《田子方》）

天地有巨大的美，然而却不言语；四时有明显的季节，然而却不议论；万物有生成的道理，然而却不表达。圣人也只是效法天地、四时的自然法则而已。阴阳四时按照固有的规律循序运行，像是存在，又像不存在，没有形迹，却有其妙用，万物受它化育，却不自知，这就是大道的根本。懂得这个道理，便可体悟自然的“天道”了。（《知北游》）

天地虽然博大，无为自化的道理却一致；万物虽然繁杂，率性自得的道理却相同。远古的君王无为而治。君王乃是顺乎自然治理百姓的人，所以说与天地俱存的是德，行于万物的是道。（《天地》）

天地给我形体，让我壮时劳苦，老时清闲，死后安息。既以生为善，也要以死为善啊。（《大宗师》）

平静、欢乐是世人的本性，如果不能使人得到平静与欢乐，那就损害了人的本性。人过于喜悦，就会伤害阳气；过于愤怒，又会伤害阴气。阴阳二气不调，四时也就不顺，寒暑气节也随之不和，这就会有伤人体。它会使人喜怒无常，居处无定，思虑不安，以致行为失去准则，因而矫情诈伪从中产生。君子如果能够不伤害身体，不炫耀聪明，道德自会来临，精神有所回归，行为自然从容而合乎天理。（《在宥》）

其二，以“地水”彰显榜样：

水乃天德之象。水不混杂就清澈，不扰动就平静，但是假若闭塞它而不让它流动，就不能清澈了。没有什么能比水还要平坦，所以必定以水为法则。静止的水，外无水波，内里透明。人心也应如此，如果内心能保持平静，便不会被外物所动摇。因此如同水一样，形体劳苦不息就会疲惫，精力耗用不止就会枯竭。（《刻意》）

水平静的话，可以清楚地照见发眉；平静的水面也可以作为木匠“定平”的准则。圣人的心神若是平静了，不但能鉴照天地的精微，而且可明察万物的奥妙。虚静、恬淡、无为是天地的“水平仪”，是道德最高的境界，是圣人休息的场所。（《天道》）

拿水来说吧，水相冲激，自然成声，这是水的本质。至人的道德也就像水激成声一样，是来自“自然”，不是什么有意“作为”。（《天道》）

人不到流动的水面而到静止的水面上照自己的影子，这说明，唯有静止的东西才能吸引那渴求静止的人。（《大宗师》）

君子之交淡如水，小人之交甘如饴。君子以道而合，故能永远

相亲；小人以利而聚，故能绝情断义。那偶然结合的，当然也会无故地分离。(《山木》)

山丘是聚积小的才变成高大，江河是汇集许多小溪才成为大川，天下的形成乃是并合了四面八方所致。了解了这个道理，就不会坚持成见，更不会摒弃本性。时序有终始，世情有变化，祸福有循环，它们都各自遵循自己的规律。如果勉强改变它们的本性，只会导致迷失正道而无益处可言。(《则阳》)

纯净而不混杂，专一而不变动，淡泊无为以顺应自然，才是养神护气的至高之道。(《刻意》)

其三，以“母婴”作为征象：

要效仿赤子(婴儿)，就能保持天性。他整天号哭，声音却不嘶哑，这是心气和顺的极致；他整日握拳而不拿东西，这是德行自然的结果；他整天看而眼珠不动，这是看不偏向的结果；他走路没有目标，停下来也不知要做什么，这是随顺外物而保全本性的常道。(《庚桑楚》)

孕妇十个月就生孩子，婴儿长到两岁就会说话，不到三岁便知道人我的分别了。(《天运》)

孕妇肚里是空虚的，所以能容纳胎儿；房屋若无空余之地，婆媳难免会争吵；心地如果不是空虚的，六情自会互相争夺。见到深山丛林觉得清爽可喜，则是由于平日心胸狭窄、心神不适的缘故。广大无边的地，人所立足的不过一小块而已。如果把立足以外的地都挖掘到黄泉，那么那块立足有用的地面还能够有用吗？可见，没有用处的地面也是有用的。(《外物》)

丧失天性的要素有五种：一为五色，它迷乱了众人的眼睛；二为五音，它迷乱了众人的耳朵；三为五臭，它熏迷了众人的鼻子；四为五味，它污浊了众人的口舌；五为欲望，它扰乱了众人的心绪。因此，过分沉迷声色气味，过分追逐名利外物，便会导致心性的伤害，后悔也就来不及了。(《天地》)

静默可以补养疾病，按摩眼角可以防止衰老，心情平静可以治疗紧张。假如自身能求得平静的人,就用不着下这工夫了。所以圣人从来不过问世人的习俗和见解,君子从来不过问小人的趋势求利。处世若有了戒心就容易作伪,所以君子无心而任其自然。(《外物》)

由以上引述可以想见,庄子并非从一般生理或医学的角度来谈论养生的,他以自然哲学为出发点,以人生哲学为落脚点,是从哲学的高度来整体上论述其养生观的。称之为"养生哲学"或许更为确切吧。

三

庄子其人,据司马迁《史记》有关记载,他曾做过管理漆园的小吏,楚威王有意聘他为相,他不肯接受。庄子一生贫困,但其心灵上的充实填补了物质生活上的匮乏,他在精神层面完成了对现实的超越。他一生的行事有两件,即"鱼乐之辩"和"鼓盆而歌",这是值得我们注意和深思的:庄子把人生的一切全都净化得纯而又纯了。前者,与惠施的交情是在相互切磋学问、论辩是非中建立起来的高尚关系,因而惠施之死使他发出"无以为质"即无人与之探讨人生学问的深切感叹;后者呢,与妻子只是男女两性之间的天然关系,其妻之亡乃是回归自然,因而不必悲哀而伤神。这种超脱尘世的泰然自处,正是对待人生的一大智慧。也正因为如此,庄子视权位如腐鼠,讥邀宠为舔痔,对世俗的权势、名利、富贵等表现出极大的蔑视。联系他一贯的言行举止就会深刻地理解,这并非自视清高,而是他确实认为,生命和精神只有与自然融合为一,才具有永恒的价值,至于权势、名利、富贵等,是自取束缚而牺牲自由,更是对生命和精神的戕害。这里引述《大宗师》里的一段以证成以上所述:

古时候的真人,把生死看作极为平常的事,却能不忘生的来源,不求死的场所,当死亡来临的时候,他们怀着欣然接受的态度,以期重返自然。因为他们知道死亡本就是生存的开始。他们的内心无忧无虑，容貌安详平静，额头宽大无比，喜怒时好似四时的运转，顺应事物，随遇而安。他们卑躬谦虚不谄媚，个性坚强不固执，志向远大不夸饰，神情欢愉，行为适宜，即使有什么言语，也完全没有心机。

《庄子》其书，今存三十三篇，从晋代学者郭象注解本开始，分《内篇》七篇、《外篇》十五篇、《杂篇》十一篇。《内篇》的思想与文风比较一致，当为庄子本人所著。《杂篇》中的《天下》篇值得重视，文字庄重，结构齐整，构思精巧，评论诸子学派，唯独标显庄子学说，宜视为《内篇》七篇之序言。读懂此篇，对准确把握《庄子》全书的精神实质会有很大的助益。

要注意的是，《天下》篇中有所谓“谬悠之说、荒唐之言、无端崖之辞”，这是就庄子本人所著《内篇》之七篇而言，虽然也有“以寓言为广”一句，但不可把“广”与“寓”看作同义词；因为该句前面还有两句与之并列，即“以卮言为曼衍，以重言为真，以寓言为广”，显然，“曼衍”（无心貌）并非解释“卮”（不定之意）字，“真”并非解释“重”（厚重、尊重）字，那么“广”也并非用来解释“寓”字了。“广”在此语境中宜解释为“深广、开阔”，故其下一句紧接着说“独与天地精神往来而不敖倪于万物”。如若连同“庄周闻其风而悦之……”这几句来完整地考察，分明是用来评价并推崇庄子之“道术”（所谓“能致虚远深弘之说，无涯无绪之谈”）的言论。这是确凿无疑的。

这样看来，《庄子》一书所展示的思想体系也是博大精深的。最后必须指出，庄子解说并继承了老子哲学思想中积极的一面，但毋庸讳言，他也把老子学说中消极的一面发挥到淋漓尽致的地步。我们应当注意分析辨别，不过，这已超出了本文所述的范围了。实事求是地说，庄子在中国古代哲学史上虽然具有十分重要的地位，对后世也产生过重大而深远的影响，但就哲学思想而言，显然不能与其同一学派的前辈老子相比。然而毫无疑义的是，他在中国文学史上却处于巅峰的地位。

孔夫子的情感世界

过去我曾经写过一篇《孔子的核心思想》的杂感，概括孔夫子的核心思想大致有四个方面：大同社会的政治理想、仁者爱人的博大情怀、中庸之道的处世哲学、有教无类的教育理念。这四个方面都贯穿着夫子的高尚情操。其实，一部《论语》，不仅记载着孔子及其部分弟子的言语行事，而且也记述了夫子的喜怒哀乐，展示着他的情感世界。

先说“喜”。孔夫子有着崇高的政治理想，这在他有关“大同社会”的描述中最能体现出来：“大道之行也，天下为公。选贤与能，讲信修睦。故人不独亲其亲，不独子其子，使老有所终，壮有所用，幼有所长，鳏寡孤独废疾者皆有所养，男有分，女有归。货，恶其弃于地也，不必藏于己；力，恶其不出于身也，不必为己。是故谋闭而不兴，盗窃乱贼而不作，故外户而不闭，是谓大同。”（《礼记·礼运》）选拔贤能，讲求信用，老年人都能善终，成年人都有工作，儿童都能健康成长，弱势群体都能享受福利，家庭和睦，社会和谐。此种“理想社会”的设想，今日看似平常，却包含着对全社会每一个成员的全面的关怀，不可谓不完美。即使今日各国也未能完全实现呢。

在孔夫子的心目中，上古尧舜之禅让时代与西周初期之社会似乎接近这个理想，因而他再三赞叹不已："大哉尧之为君也！巍巍乎！唯天为大，唯尧则之。荡荡乎，民无能名焉。巍巍乎其有成功也，焕乎其有文章！""巍巍乎，舜禹之有天下也而不与焉！""周之德，其可谓至德也已矣。"（以上《论语·泰伯篇》）"周鉴于二代，郁郁乎文哉！吾从周。""子谓《韶》'尽美矣，又尽善也。'谓《武》'尽美矣，未尽善也。'"（以上《论语·八佾篇》）孔子竭力赞美唐尧、虞舜、大禹的崇高伟大，是因为他们所建立的礼仪制度给予人民的广博恩惠，以及他们的无比勤劳而不贪图个人享受的高贵品格。

《韶》为虞舜时的乐曲，由于其天子之位是由唐尧"禅让"而来的，所以孔子赞其"尽美又尽善"；而《武》为周武王时乐曲，其天子之位是由讨伐商纣而来的，所以赞其音声"尽美"而其内容并"未尽善"。正因为如此，所以对周朝祖先古公亶父之长子泰伯为了实现其父的意愿，而偕同其弟仲雍出走，把君位传给小弟季历及姬昌，予以赞扬："泰伯，其可谓至德也已矣。三以天下让，民无得而称焉。"（《论语·泰伯篇》）这是很值得今日各国的执政者深刻反思的。

也是出于同一意愿，夫子对春秋时郑国的贤相子产倍加肯定："子谓子产，'有君子之道四焉：其行己也恭，其事上也敬，其养民也惠，其使民也义。'"（《论语·公冶长篇》）对待君上认真负责，对待民众合义施惠，正是孔子心目中的标准。正如夫子所言："道千乘之国，敬事而信，节用而爱人，使民以时。"这是说，治理一个大国，必须严肃认真，信实无欺，不可劳民伤财。一个国家如果能够治理成这样，也是孔子引为高兴的事儿。

次说"怒"。与以上所述相反，即遇到违背其社会理想和礼仪制度的行事，夫子则充满着怒气。例如《论语·八佾篇》所载："孔子谓季氏，'八佾舞于庭，是可忍也，孰不可忍也？'"在当时，"八佾"的舞蹈规格只有天子才能用，诸侯用六佾；对只能用四佾的大夫季平子的僭越行为，孔子自然很生气。又如《论语·颜渊篇》："李康子问政于孔子。孔子对曰：‘政者，正也。子帅以正，孰敢不正？’”“季康子患盗，问于孔子。孔子对曰：‘苟子之不欲，虽赏之不窃。’”对季康子两次所谓求教的回答，孔子明显地表露出深深的不满与责备。

对其弟子的言行，孔子的态度也是如此。如《论语·先进篇》：“子路曰‘有民人焉，有社稷焉，何必读书，然后为学？’子曰‘是故恶夫佞者。’”这是孔子讨厌子路那样的犟嘴利舌。又：“子疾病，子路使门人为臣。病间，曰：‘久矣哉，由之行诈也！无臣而为有臣。吾谁欺？欺天乎？且予与其死于臣之手也，无宁死于二三子之手乎！’”在孔子所处时代，诸侯之死才能有“臣”去处理；对于子路即使为自己组织治丧机构这种越礼行为，孔子也是最痛恨的，所以孔子病愈后对他大发脾气。再如《论语·雍也篇》：“宰予昼寝，子曰：‘朽木不可雕也，粪土之墙不可圬也。于予与何诛？’”弟子宰予白天睡大觉，夫子对此不屑一顾而嗤之以鼻。有甚于此者如《论语·先进篇》：“季氏富于周公，而求也为之聚敛而附益之。子曰：‘非吾徒也。小子鸣鼓而攻之，可也。’”其弟子冉求帮助大夫季氏搜刮更多的财富，孔子得知后怒不可遏，便号召弟子们声讨他。

《论语》有一篇幅较长的文字，即《论语·季氏篇》，开首一段：“季氏将伐颛臾。冉有、季路见于孔子曰‘季氏将有事于颛臾’。孔子曰‘求！无乃尔是过与？夫颛臾，昔者先王以为东蒙主，且在邦域之中矣，是社稷之臣也。何以伐为？’冉有曰‘夫子欲之，吾二臣皆不欲也。’孔子曰‘求！周任有言曰：陈力就列，不能者止。危而不持，颠而不扶，则将焉用彼相矣？且尔言过矣，虎兕出于柙，龟玉毁于椟中，是谁之过与？……吾恐季孙之忧，不在颛臾，而在萧墙之内也。’”此篇孔子反对季氏攻伐属国颛臾的文字，其省略部分抒发了他的政治理想，即一国之患在于财富不均、社会不安，若要吸引边远人来归附，在于加强文德建设，而不应该挥动干戈；所引用出的文字，则是严厉地责备两个弟子不仅未能尽职尽责，有效地阻止季氏的非礼行动，而且推诿责任，强词夺理。

子贡曾经问及其师有关“憎恶”的话题，孔子明确地表示：“有恶（厌恶）：恶称人之恶者，恶居下而讪上者，恶勇而无礼者。”（《论语·阳货篇》）这与他对待“富贵贫贱”的态度是一致的：“子曰：‘富与贵，是人之所欲也；不以其道得之，不处也。贫与贱，是人之所恶也；不以其道去之，不去也。’”（《论语·里仁篇》）这不仅表达了孔子的好恶，而且也是告诫人们，面临富贵不可苟取，面临贫贱也不应嫌弃。

再说“哀”。可想而知，最令孔子心疼的，自然是古昔几个辉煌王朝的不复存在，他心目中政治理想人物的消亡，以及当时现实社会的礼崩乐坏：“子畏（拘囚）于匡，曰：‘文王既没，文不在兹乎？天之将丧斯文也，后死者不得与于斯文也。’”（《论语·子罕篇》）“子曰‘甚矣吾衰也！久矣吾不复梦见周公！’”（《论语·述而篇》）夫子哀叹周文王一死，是上天要消灭一切文化遗产；他为自己衰老而不能像周公旦那样去施展抱负而感到悲凉。“子曰：‘凤鸟不至，河不出图，吾已矣夫！”（《论语·子罕篇》）“凤鸟、河图”是天下太平、国家祥瑞的象征，夫子借此表达当时社会已经毫无清明之指望。又“子曰：‘已矣乎！吾未见好德如好色者也。’”（《论语·卫灵公篇》）对当时社会道德之沦丧，夫子不禁发出“完了”的哀叹。

对于其心爱弟子的病亡，孔子也是十分伤感：“伯牛有疾，子问之，自牖执其手，曰‘亡之，命矣夫！斯人也而有斯疾也！斯人也而有斯疾也！’”（《论语·雍也篇》）“颜渊死。子曰‘噫！天丧予！天丧予！’”“颜渊死，子哭之恸。从者曰‘子恸矣！’曰‘非夫人之为恸而谁为？’”（《论语·先进篇》）

终说“乐”。《论语·学而篇》开首即云：“子曰：学而时习之，不亦悦乎？有朋自远方来，不亦乐乎？人不知而不愠，不亦君子乎？”把学习当作是喜悦之事，把交友看成是乐趣，把别人不了解自己视为应有之义而毫不介意。

孔子的苦乐观，在对待其爱徒颜回的评价中亦可略见一斑：“贤哉，回也！一箪食，一瓢饮，在陋巷，人不堪其忧，回也不改其乐。”(《论语·雍也篇》)处于贫困,依然保持乐观,这并非一般人所能做到的。爱好学问,是孔子评价人的较高标准:“子曰:‘十室之邑,必有忠信如丘者焉,不如丘之好学也。’”(《论语·公冶长篇》)“有颜回者好学,不迁怒,不贰过。不幸短命死矣,今也则无,未闻好学者也。”(《论语·雍也篇》)

孔夫子为了实现他的政治理想,曾经带领他的弟子们周游诸侯列国,试图说服各国的君主采纳他的执政理念与措施,虽然到处碰壁,但晚年回到鲁国,仍然以整理典籍和教授弟子为乐。他再三表示:“德之不修,学之不讲,闻义不能徙,不善不能改,是吾忧也。”“朝闻道,夕死可也。”(《论语·述而篇》)正是这种酷爱真理胜过生命的积极态度和“修德讲学”的乐观情怀,使孔子把“有教无类”(《论语·卫灵公篇》)当作自己的神圣使命,决心使教育从贵族把持的束缚中解放出来,而让下层民众都能够享受:“子曰:‘自行束脩以上,吾未尝无诲焉。’”(《论语·述而篇》)他对自己是“学而不厌”,对弟子是“诲人不倦”“循循善诱”。

在生活上,他要求并不高:“君子食无求饱,居无求安,敏于事而慎于言,就有道而正焉。”“饭疏食饮水,曲肱而枕之,乐亦在其中矣。不义而富且贵,于我如浮云。”(《论语·述而篇》)“发愤忘食,乐以忘忧,不知老之将至云尔。”既然是把富贵看作“浮云”一般,那么,即使粗茶淡饭也发愤学习,自然会“乐以忘忧”而“不知老之将至”了。“子在齐闻《韶》,三月不知肉味,曰:‘不图为乐之至于斯也。’”(《论语·述而篇》)夫子欣赏音乐,竟达到如此忘我的程度,实在令人向往。

这里不妨补充个小插曲。“子之武城,闻弦歌之声。夫子莞尔而笑,曰:‘割鸡焉用牛刀?’子游对曰:‘昔者偃也闻诸夫子曰:君子学道则爱人,小人学道则易使也。’子曰:‘二三子!偃之言是也。前言戏之耳。’”(《论语·阳货篇》)这个小故事展示了孔子的另外一面,其幽默风趣跃然纸上。

最后特别需要补充一点。对待所谓“乐”,孔子也清醒地区别

"益"和"损"的界限:"益者三乐,损者三乐。乐节礼乐,乐道人之善,乐多贤友,益矣。乐骄乐,乐佚游,乐晏乐,损矣。"(《论语·季氏篇》)他告诫人们,以骄傲为乐,以游荡为乐,以饮宴为乐,是三种有害的快乐。尤为难得的是,孔子对待自己的过失绝不隐晦:"子曰:'丘也幸,苟有过,人必知之。'"(《论语·述而篇》)他认为,别人知道自己的过失应当是件幸运的事儿。

正因为夫子的情感世界是如此的是非分明、纯洁坦荡,其弟子们在他身后都予以推崇:"仲尼不可毁也。他人之贤者,丘陵也,犹可逾也;仲尼,日月也,无得而逾焉。"(《论语·子张篇》)而且在他们看来,其所以能如此,"夫子温、良、恭、俭、让以得之"呵。

孟子学说再解读

孟子名轲，邹国人，生活于战国中期。司马迁于《史记·孟荀列传》载云，孟子“退而与万章之徒序《诗》《书》，述仲尼之意，作《孟子》七篇”。最早为《孟子》一书作注的东汉学者赵岐也明确地说：“退而论集所与高第弟子公孙丑、万章之徒难疑答问”。可见，其书的主要作者是孟子本人，而且是在孟子生前就基本上完成了的，不过也有其弟子万章、公孙丑等人的笔迹。赵岐于其《题辞》又说：“《论语》者，《五经》之管辖，六艺之喉衿也。《孟子》之书则而象之。”将《孟子》和《论语》相提并论，是两汉人的公论。至南宋大儒朱熹，从《礼记》中取出《大学》《中庸》两篇，与《论语》《孟子》合在一起，称为“四书”，于是《孟子》的地位便更加提高了。

在中国古代历史上，孟子是孔子之后极力维护、充分发挥并进一步发展儒家思想的大师，是战国时期著名的思想家和雄辩家。就思想史而言，孟子可谓把孔子思想体系中积极的和消极的两方面都发挥到极致。这里从孟子思想之积极方面来解读，其荦荦大者当包含以下几个方面：

其一，“以民为本”的见解。

在诸子当中，孟子首次明确提出：“民为贵，社稷次之，君为轻。

是故得乎丘民而为天子。”(《孟子·尽心下》)他还认为“民众”为“诸侯之宝”,得到人民欢心的才能做天子,才能维持社会的稳定。这种国以民为本、社稷亦为民而立的思想,应当说具有更为强烈的政治色彩。

孟子在与其弟子万章的对话中有意引用《尚书·太誓》里的言论:“天视自我民视,天听自我民听。”这是说,民众的眼睛就是上天的眼睛,民众的耳朵就是上天的耳朵。在古老中国的上古时代,即有萌芽状态的民本观念,而孟子正是从中吸取并发展了这种先进的理念。

也正是从这种理念着眼,孟子道出了夏桀、商纣亡国的历史教训:“桀纣之失天下也,失其民也;失其民者,失其心也。”他还总结说:“得天下有道,得其民,斯得天下矣;得其民有道,得其心,斯得民矣;得其心有道,所欲与之聚之,所恶勿施尔也。”(《孟子·离娄上》)

那么,什么是民众之“所欲”呢?在与梁惠王对话时,孟子即指出:“谷与鱼鳖不可胜食,材木不可胜用,是使民养生丧死无憾也。养生丧死无憾,王道之始也。”“乐民之乐者,民亦乐其乐;忧民之忧者,民亦忧其忧。乐以天下,忧以天下,然而不王者,未之有也。”可见,“民之乐”和“民之忧”即民之“所欲”,只有满足民之“所欲”者才能称王天下。

而民众之“所恶”又是什么呢?孟子告诫说:“凶年饥岁,君之民老弱转乎沟壑,壮者散而四方者,几千人矣;而君之仓廪实,府库充,有司莫以告,是上慢而残下也。”在上聚敛财富而残害下民,又如何不引起下民的愤恨呢?他引用《尚书·汤誓》云:“时日害丧,予及女偕亡。”暴君夏桀自比为“日”,而民众喊出了“与之偕亡”的呼声,失去了人民,天下还能坐得稳当么?孟子的结论是:“当今之时,万乘之国行仁政,民之悦之,犹解倒悬也。”(《孟子·公孙丑上》)

其二,“独夫民贼”的提出。

与“民”对立的是“君”。那么,孟子对“君王”采取什么态度呢?孟子面对齐宣王说:“君有大过则谏;反复之而不听,则易位。”他不顾齐宣王的“勃然变色”,毅然表达了对“有大过”“而不听劝谏”的君王则坚决“变易地位”的主张。不仅如此,对于像夏桀、商纣那样的暴君,孟子的态度十分鲜明:“贼仁者谓之‘贼’,贼义者谓之‘残’。残贼之人谓之‘一夫’。闻诛一夫纣矣,未闻弑君也。”(《孟子·梁惠王下》)对于“残贼”人民的专制“独夫”,就不仅仅是“易位”,而是要予以“诛弑”。

孟子把辅佐君王的臣子也分为两类。其中一类是“责难于君谓之恭,陈善闭邪谓之敬”(《孟子·离娄上》);而对于那些助纣为虐的臣子,孟子却是斥之为“民贼”:“今之事君者皆曰,我能为君辟土地,充府库。今之所谓良臣,古之所谓民贼也。君不乡道,不志于仁,而求富之,是富桀也。由今之道,无变今之俗,虽与之天下,不能一朝居也。”(《孟子·告子下》)他以肯定的语调指出,如今的君主如果还是采取夏桀那样“不仁道”的举措,纵使把天下交给他,也是一天都坐不稳的。

他一方面告诫当时的君主,“得道者多助,失道者寡助。寡助之至,亲戚畔之;多助之至,天下顺之”(《孟子·公孙丑下》);另一方面则教导辅臣们,“说大人,则藐之,勿视其巍巍然。在彼者(指荣华富贵),皆我所不为也;在我者,皆古之制也,吾何畏彼哉?”(《孟子·尽心下》)他藐视“不仁道”的“大人”,对“有大过而不听劝谏”的君王则“易位”,对“残贼”民众的暴君则“诛之”。这就是孟子对上古社会建立政治文明之起点的设想,表现了作为思想家的“浩然正气”。

其三,确立“民有私产”的观念。

孟子的政治观念既然是“以民为本”,那么在经济上他提出了什么主张呢?在他看来,“若民则无恒产,因无恒心。苟无恒心,放辟邪侈,无不为已。及陷于罪,然后从而刑之,是罔民也。”民众如果没有固定的财产,就容易犯罪,从而处以刑罚,那是陷害他们。

因此，“明君制民之产，必使仰足以事父母，俯足以畜妻子，乐岁终身饱，凶年免于死亡；然后驱而之善，故民之从之也轻。”（《孟子·梁惠王上》）此所谓“衣食足，知廉耻”也。

也正是从“民之为道也，有恒产者有恒心，无恒产者无恒心”这一观念出发，孟子还强调“贤君必恭俭礼下，取于民有制”。（《孟子·滕文公上》）就是说，作为贤德的君主，施政必须慎重，注意节俭，取于民要有节制。

尤为难得的是，孟子甚至把“制民之产”而使民众能够过上“乐岁终身饱，凶年免于死亡”的温饱生活，与保护自然生态环境联系在一起。他对梁惠王说：“不违农时，谷不可胜食也；数罟不入洿池，鱼鳖不可胜食也；斧斤以时入山林，材木不可胜用也。谷与鱼鳖不可胜食，材木不可胜用，是使民养生丧死无憾也。养生丧死无憾，王道之始也。谨庠序之教，申之以孝悌之义，颁白者不负戴于道路矣。七十者衣帛食肉，黎民不饥不寒，然而不王者，未之有也。”（《孟子·梁惠王上》）显然，孟子所说的“王道之始”，就是上古衣食无忧的和谐社会的开端。

其四，倡导“舍生取义”的精神。

孔子说过：“志士仁人，无求生以害仁，有杀身以成仁。”（《孟子·卫灵公篇》）而孟子推衍其说：“生亦我所欲也，义亦我所欲也，二者不可得兼，舍生而取义者也。生亦我所欲，所欲有甚于生者，故不为苟得也。死亦我所恶，所恶有甚于死者，故患有所不辟也。”（《孟子·告子上》）“义”与“宜”相通，意思是适宜、合理。作为当时一种含义广泛的道德规范，指的是合理、公正而应当身体力行之事。“杀身成仁”是从“仁爱”出发，而“舍生取义”是从“道义”着眼，就思想深度而言，“舍生取义”说不仅比“杀身成仁”说推进了一步，而且也扩大了范畴。

尤其值得注意的是，在孟子的心目中，其道义是与民众的愿望联系在一起的。他一再强调：“士穷不失义，达不离道。穷不失义，故士得己焉；达不离道，故民不失望焉。古之人，得志，泽加于民；

不得志，修身见于世。穷则独善其身，达则兼善天下。”（《孟子·尽心上》）“居天下之广居，立天下之正位，行天下之大道；得志，与民由之，不得志，独行其道；富贵不能淫，贫贱不能移，威武不能屈：此之谓大丈夫。”（《孟子·滕文公下》）就是说，既然道义应以民众是否“失望”为准绳，那么士“得志”就该“泽加于民”，“与民由之”，这才是士人应该怀有的“贫贱不移”“兼善天下”的大抱负。

在中国思想史上，战国时期诸子争鸣几乎成为不可企及的高峰。在诸子当中，就以上所述几方面来说，孟子思想可谓是独树一帜，为民富国强、社会安定设想了一套理想的方案。他从以民为本的理念出发，明确主张国君要实行仁政，从当时农耕社会的现实考虑，孟子多次提醒诸侯国君，要保护生态环境，对自然资源不可进行掠夺式的生产；“民事不可缓”，要“省刑罚，薄税敛”，要“取于民有制”；他告诫各国国君，要爱民，“乐民之所乐者，民亦乐其乐”，要保护百姓的私有财产，因为“有恒产”民众才能安居乐业；要用仁义孝悌思想教化百姓，最终得以建立公正平等、衣食无忧、讲究礼仪的“天下平”的和谐社会。

然而可惜的是，在两千多年的皇权专制的统治下，以上几方面并没有什么长足的进步，尤其是近代军阀混战与现代“文革”十年，经济崩溃、民不聊生，整个中华文明显著地倒退了。这是十分令人痛心疾首的。这不能不让人想起“四人帮”被粉碎不久，胡耀邦所说的“中兴伟业，人心为上”的铿锵有力的话语来。从“以民为本”到“人心为上”，其核心都是确立人在社会生活中的主体地位。“一切为了人”，既是当今施政的出发点，也是现今为政的落脚点。

柏拉图与孔子、墨子

一

早在大学本科学习期间，由于对外国文学课程的偏好，我便有意涉猎一些西方文化史与哲学史方面的著作，因而年轻时就知道古希腊有位哲学巨匠苏格拉底和他的弟子——大哲学家柏拉图及其所设想的“理想国”。但毕竟学的是中文专业，加之当时环境的特殊与后来毕业论文的写作，我不可能在西方文化方面耗费许多的时间和精力。半个多世纪过后，2016 年新春之际，安徽大学出版社朱丽琴副总编送给我一套四卷本的《柏拉图全集》（王晓朝译，人民出版社 2002 年版），真是正中下怀。这时恰逢我应邀编写的一本《国学二十讲》（合肥工业大学出版社 2016 年版）的教学用书刚刚正式出版，书中孔夫子有关“仁义君子”的言论，墨子有关“兼爱”“非命”的论述，尚未从脑际退出，双手又先后捧起《柏拉图全集》的前三卷（第四卷系附录）在热切地阅读，前后连续用了两个月。于是乎我思想上就自然而然地将东、西方两个文明古国的柏拉图和孔子与墨子作了一番很有意味的比较。

二

首先，柏拉图所生活的古希腊时代背景与孔夫子所处的周王朝历史境况可谓大体相似。柏拉图(公元前427—前347)是苏格拉底的学生,他们师生生活的时代虽然比孔子(公元前551—前478?)要晚一个多世纪,但是雅典的民主政治已经从兴盛繁荣走向了衰落,而孔子所处的春秋末期也是繁荣兴盛的周王朝趋于衰败、诸侯列国不断争锋的时代。

其次,柏拉图的生活经历与孔夫子的生前际遇也大致相近。柏拉图既是哲学家,又是热衷于政治的思想家。他很想将他那套根据理性标准所设计的政治体制在现实世界中实现,为当时混乱纷争的希腊城邦树立一个样板。为此他曾三次远赴西西里,希望那里的叙拉古城邦的执政者能够接受他的指导,按照理性治理城邦。结果一次次都失败了,他只能返回雅典,在雅典城外的阿卡德摩建立学园,著书立说,培养人才。众所周知,我们的孔夫子也是为了实现他的执政理念,带着他的弟子们周游诸侯列国,试图说服各国的君主,采纳他的政治主张与执政措施,而结果是到处碰壁,晚年只得回到鲁国,整理典籍,教授弟子。

再次,柏拉图的思想体系与孔夫子的系列学说也非常贴近。正如汪子嵩先生在《柏拉图全集·中文版序》里所说的那样,柏拉图秉承其师的道德准则,探求“正义”和“勇敢”这两种德性的普遍的、纯粹的、永恒不变的本质定义。其最负盛名的对话《国家篇》比较完整地论述了他的理想的政治制度,认为一个城邦是由三部分人分工组成的,即:一部分是执政者,他们必须具备最高的知识,表现人的理性与智慧的美德;第二部分是保卫城邦的武士,表现人的激情与勇敢的美德;此外就是一般的公民,表现人的欲望,接受理性的指导和武士的保卫。如果这三部分人都能正确地肩负起各自的职责,和谐共处,便是节制的美德。一个城邦如果能够达到这样的程度,便是实现了城邦的正义。(参见第一卷第2—4页,第二卷第270页)

我们的孔夫子呢,也正如大家所知道的,他在政治道德上首倡“仁义”。先引几段有关“义”的言说:“君子义以为上,君子有勇而无义为乱，小人有勇而无义为盗”（《论语·阳货篇》）；“君子之于天下也，……义之于比”（《论语·里仁篇》）；“见义不为，无勇也”（《论语·为政篇》）；“德之不修，学之不讲，闻义不能徙，不善不能改，是吾忧也”（《论语·述而篇》）；“有君子之道四焉：其行己也恭，其事上也敬，其养民也惠，其使民也义”（《论语·公冶长篇》）。可见，孔夫子也是把“义”与“勇”联系起来论说的。他认为，执政的君子只有勇气而不讲正义就会乱政，有地位的君子应当贴近正义，见到正义的事情而不去践行就是没有勇气的表现。君子的行事原则有四条——日常态度严谨、侍奉上司认真、教养民众慈惠、使用百姓正义。（参见《国学二十讲》第 11—13 页）显然，在孔夫子的心目中，正义这种道德规范，是区别君子与小人的界限，作为一个国家的执政者，在使用民众方面，也要依据“正义”的原则来决定取舍，不然就是劳民伤财。这与柏拉图所谓的三种“美德”何其相似乃尔。

至于说到孔夫子崇高的政治理想，有关“大同社会”的论述最能表达他的设想了：“大道之行也，天下为公。选贤与能，讲信修睦。故人不独亲其亲，不独子其子，使老有所终，壮有所用，幼有所长，鳏寡孤独废疾者皆有所养，男有分，女有归。货恶其弃于地也，不必藏于己；力恶其不出于身也，不必为己。是故谋闭而不兴，盗窃乱贼而不作，故外户而不闭，是谓大同。”（《礼记·礼运》）选拔贤能，讲求信用，老年人都能善终，成年人都有工作，儿童都能健康成长，弱势群体都能享受福利，家庭和睦，社会和谐。看来比柏拉图早一个世纪的孔夫子对“理想国”的理念设想，似乎比柏拉图的理性设计还要完美一些。

三

墨子（约公元前 476 年至公元前 380 年）名翟，鲁国人，战国时期墨家学派的创始人。《汉书·艺文志》云：“墨家者流，盖出于清庙之守。茅屋采椽，是以贵俭；养三老五叟，是以兼爱；选士大射，是以上贤；宗祀严父，是以右鬼；顺四时而行，是以非命；以孝视大下，是以上同。此其所长也。”墨家的主要思想行踪汇集于《墨子》一书，其中《经上》《经下》《经说上》《经说下》《大取》《小取》六篇，合起来又称《墨辨》或《墨经》；尤其是前四篇，据有关学者考证，《经上》《经下》两篇系墨子亲作，而与之相对的两《说》当为后期墨家解说之著述。

近代著名文化史学家梁启超著有《墨子校释》（商务印书馆，1926 年版），其《序》云：“《墨子》用以教者，惟爱与智。《天志》《尚同》《兼爱》诸篇，什之九皆教爱之言也；《经·上下》两篇，半出墨子自著，南北墨者或述所闻，或参己意，以为《经说》，则教智之言也。《经》文不过六千言，为条百七十有九。其于知识之本质、渊源、运用，如何得真，如何谬误，皆析之极精，而出之极显。若持之辨名实，御事理，则其观念皆新颖而深刻，与俗儒之理解殊别，而与现代西方学者之发明往往相合。旁及数学、形学、光学、力学，亦间启其扃秘焉。”他还认为：“《墨经》殆世界最古名学书之一也。欧洲之逻辑，创自阿里士多德，后墨子可百岁。”（第一页）

《墨经》体例独特，其文字总共不过六千言。《经上》之文约 100 条，《经下》之文约 84 条，二者大都是科学定义，表述看法。与其对应的《经说》，则为对每条定义的解释，或引申要旨，或举例说明，或补充新意。经文、经说及其相互间的关系，大都有严谨的推理过程。这里不妨列举几条来展示一番。

《经上 80》（梁启超本，下同）：“知：闻，说，亲；名，实，合，为。”《经说上 80》：“知：传授之，闻也；方不障，说也；身观焉，亲也。所以谓，名也；所谓，实也；名实耦，合也；志行，为也。”（第七十页）

以上是一对一地进行解释。这是说知识有三个来源：从传授得来的是闻知；超越方域由推论得来的是说知；从自身观察得来的是亲知。而求得知识的方法有名知、实知、合知、为知四种，对事物的称谓叫作“名”，对所称谓的事物叫作“实”，名与实相符是一切知识成立的根本。梁启超总结说：“墨家以知行合一为教，谓行为须由知识生，无行为则无以表示知识，故‘名实合’谓之‘为’。”（第七

十四页)

《经上8》:“义:利也。”《经说上8》:“义:志以天下为爱,而能能(颜注:能,善也。)利之,不必周。”(第十页)

梁启超解释道:“此《经》直以利训义,是墨家根本精神。墨子恒言:‘兼相爱,交相利。’兼相爱,仁也;交相利,义也。《兼爱篇》云:‘焉有善而不可用者。’墨子之意,能适用即是善,不适用则非善;有利则义,不利等于不义。此近世欧美实用主义之精神也。”他又云:“周,遍也。仁以‘周爱’为鹄,故言兼相爱;义不必以‘周利’为鹄,故言交相利。义者,其志务欲‘能善利人’而已。利之所及,势固不能周遍,抑亦不必周遍也。”可谓深得墨子之旨意。

《经上20》:“勇:志之所以敢也。”《经说上20》:“勇:以其敢于是也,命之;不以其不敢于彼也,害之。”(第十八页)

梁启超解释说:“命,犹名也。言因敢得勇名。人有敢亦有不敢。就其敢于此,即命曰勇;虽不敢于彼,仍不害其为勇也。例如不敢擅杀人,于勇何害。”这就容易理解了。

《经上34》:“君:臣萌(通“氓”)通约也。”《经说上34》:“君:以约名者也。”(第二十七页)

梁启超说道:“《尚同中》云:‘明夫民之无正长……而天下乱也,是故选择天下贤良立为天子。……天子既已立矣,……选择天下贤良置以为三公,……诸侯……远至乎乡里之长。’言国家之起源,由于人民相约置君,君乃命臣。与西方近世民约说颇相类。”(第二十八页)

与上述相类,再来看柏拉图对一些概念的探索和辩论,譬如《卡尔米德篇》的主题是“节制”(第一卷第134页),《拉凯斯篇》的主题是“勇敢”(同上第168页),《美诺篇》的主旨是“美德的本质”(同上第490页),《会饮篇》的主题是“爱”(第二卷第205页),《国家篇》涉及的话题是“正义”(同上第270页),《泰阿泰德篇》讨论的主旨是“知识”(同上第649页),《斐莱布篇》讨论的话题是“智慧”(第三卷第175页),《蒂迈欧篇》解释的主旨是“真理”(同上第266页),

等等。因为是对话文体，为节省篇幅，就不具体引述了。

正如前面所展示的，柏拉图与我们的墨子生活在同一个世纪，他们对纯粹知识和本质定义的追求，对正义、勇敢、知识等概念及其相互关系的抽象，尤其是关于“贤人政制”的设想，几乎如出一辙。据《全集·中译者导言》所述，“柏拉图于公元前399年离开雅典，先后到过麦加拉、埃及、居勒尼、南意大利和西西里等地，在游历中考察了各地的政治、法律、宗教等制度，研究了数学、天文、力学、音乐等理论和各种哲学学派的学说。在这样广博的知识基础上，逐步形成了他自己的学说，以及对改革社会制度的见解”（第一卷第18页）。此种坎坷的人生经历和拥有的广博学识，与战国时期的墨子也是极为相似的。

就行文表达而言，《全集》与《墨经》还有一个共同之处，那就是都具有十分鲜明的逻辑色彩，诸如对概念准确、判断简明、推论合理的追求，几乎充斥于全篇。这在那个古老的世纪实在是难能可贵的。

四

最后我们不能不提及，柏拉图在其后期由于实践中的一再失败，促使他认识到贤人政治是可想而不可得的，于是在后期对话《政治家篇》（第三卷第83—174页）中表现出从人治转向法治的思想，直到最后也是最长的对话《法篇》（内分十二卷，见第三卷第364—736页）中，他批评斯巴达只崇尚武力和战争，不懂得城邦最好的状态是和平；认为不能给统治者以过分强大的权力，必须对他们进行监督和限制，因此城邦必须制定详尽的法律。

值得注意的是，孔夫子晚年也有不少涉及礼法制度和否定武力的言论。譬如《论语·颜渊篇》：“颜渊问仁。子曰‘克己复礼为仁。一日克己复礼，天下归仁焉。’”《论语·宪问篇》：“子路曰：‘管仲仁乎？’子曰：‘桓公九合诸侯，不以兵车，管仲之力也。如其仁，如其仁。’”《礼记·中庸》：“子曰：‘宽柔以教，不报无道，南方之强也，君子居之。……故君子和而不流，强哉矫！'”所谓“克己复礼”，就是约束自己个人的欲望，使自己的言行符合社会礼节制度的要求；孔子赞赏齐国的国相管仲，认为管仲多次帮助齐桓公实现诸侯联盟，消弭战争，给各个诸侯国的人民带来和平的环境，这是大仁大爱的表现。孔子主张用宽容柔和的精神教化人，不报复蛮横无理的言行，所以倡导和顺而不随波逐流，认为这才是真正坚强的表现。

再看墨子，其《兼爱》与《非攻》两篇表达了墨子的重要的学说思想和主张。“兼爱”说提倡一种平等的爱，要人们爱人如己，让天下所有人都相亲相爱，以“兼相爱”达到“交相利”的目的。只有如此，社会才能治理，民生才得安定。所谓“非攻”，就是谴责侵略战争。墨子指出：“倘若繁为攻伐，此实天下之巨害也。”他批驳了好战者的种种谬论，强调对于发动攻伐的国家来说，会造成生产荒废、民众死亡、财物耗费；而对于遭受侵略的国家来说，人民被杀戮，国家被灭亡，结果是天下危乱，民生危殆。在国家治理方面，墨子提出了“尚贤使能”的进步主张。他于《尚贤》篇说：“尚贤者，治之本。”“官无常贵，而民无常贱，有能则举之，无能则下之。”“虽在农与工肆之人，有能则举之，高予之爵，重予之禄，任之以事，断予之令。”这显然是强调，古代各级官吏直至天子，都应由民众百姓选择推举产生。在墨子的论述中，“民”的概念如此明确，“尚贤”的举措如此彻底，其思想观念远为当时其他诸子所不及，而且也高于同一世纪的柏拉图。

以上有关三位同样是壮年时颇为关心政治而晚年致力于培养人才、著书立说的思想家的整体类比，给了我们什么样的启示呢？

第一个印象是“时势造就天才”，就是说，天才思想家的出现都是由于时代的呼唤、形势的成全。

第二个印象是，人类思想的起步和进展，在东、西方的古老民族和文明古国大体同步，大同而小异。这一点不禁使人联想到著名学者刘师培在《古学起源论》中所言：“[八卦]以乾、坤、离、坎为母卦，与希腊以地、气、水、火为四行者同。”“乾为天，天即气也；坤为地，坎为水，离为火。若震、艮、兑、巽四卦，则为子卦，山传于地，泽传于水，雷生于火，风与天同，为空气。”这是说，《易经》之“八卦”所象征的八种自然物象，与古希腊人所称四大元素相同。

第三个印象是，只有对纯粹知识和事物本质的抽象思考与理性追求，才能使人的思想达到顶峰。

第四个印象是，由于秦汉以来长期封建专制政体的统治以及“独尊儒术”的文化专制主义，中国原本有生气而又比较成熟的思想界便逐渐地落后于西方了。这种无法弥补的历史性的最大损失，是尤其令国人痛心的。

不过毫无疑问，西方的柏拉图和东方的孔子、墨子，都是人类早期最有代表性的大思想家、大哲学家、大教育家，《柏拉图全集》与《论语》《墨子》这几部著作所展现的极为深刻的思想，对全人类整个文化与哲学理念的发展发挥过极为重要的作用，作为全人类文化宝库中的精神宝藏，定会持续产生积极而深远的影响。

国学与其载体汉字

先说说现时学习“国学”的意义。

首先是有助于增厚我们中华文化的根基。要明白，在世界文明史中，只有中华文化被整体地延续下来，其他古代文明到最后都变成零零星星的存在。其中一个最重要的原因，就是中华文化是以具有丰富典藏的“国学”为其核心的。作为当代中国的大学生和未来的文化人，学习“国学”即能深刻把握中华传统文化的精髓，增厚自身的文化根底。

其次是有助于培养我们民族的博大情怀。“国学”是一个具有中华民族特性的思想体系，其内在表现为知识、才能、智慧和信念；外在表现为礼节、风度、气质和神态。譬如道家所强调的“顺应自然”“天人和谐”，儒家所提倡的仁爱情怀、正义精神、诚信品德、善良人性等，都是建设人类美好社会所需要的理念，也是与人类的崇高理想——和谐的自然环境与和谐的社会氛围息息相通的。毫无疑义，学习国学能使我们丰富学识，扩展心胸，增强气质。

再次是有助于提升我们高尚的人格内涵。荀子云：“君子之学也，以美其身。”所谓“美其身”，即严格要求自己，滋养道德，陶冶性情，完善人格。包含在国学内涵之中的儒家修养，即表现为人要按照某种理想人格和道德标准来提升自己的崇高愿望，这个标准就是正直、坚定、高洁，具体说即历史上的圣贤品格。达到这个标准，是一个自我完善的修养过程，因而会不断充实自身的人格内涵。

总之，作为一个严肃的文化人，既要有自律的精神，也要有陶冶的能力，以个人的生命历程去思量和对照我们优秀的民族文化与传统道德。如此，方能使自己达到一种较高的生命境界，即明确个人对国家的责任和对社会的义务，培植心中的"精神家园"。何谓"精神家园"？据我的理解，是一座意识生命意义的纯净的礼堂，是一块净化灵魂的巍峨的圣地。守护这样的精神家园，就需要经常把优秀的民族文化和传统道德当作一面镜子，不断清扫心灵上的尘埃，随时驱除人格上的阴影。这是获取人类最高心智的最基本、最有效的举措。

再说说汉字的特性。

一、汉字的性质。

说到汉字本身的性质，我们需要先了解语言、文字与文化的一般关系。

大家都知道，语言是思维的载体，是表达意识的工具。没有这个载体和工具，人类的思想意识无从表现，它推动并且限定着整个民族的思维模式，记录着一个民族的历史血脉并影响着未来延续的轨迹。文字是记录语言的书面符号，是人类文明的标志。没有文字这个最复杂、最系统的符号，语言不可能传之久远。而文化是人类物质产品和精神产品的总和，是一个民族赖以安身立命的根基，它集中体现了一个民族的精神心理、思维方法、生活习惯、价值观念等各方面的特性，是一个民族区别于另一个民族的标志。

语言、文字、文化，处于三个不同的层次，却又十分紧密而不可分割。可以说，民族语言与民族文字乃是民族文化最鲜明、最直接的表现。民族语言兴盛，民族文字发达，必然表现为民族文化影响力的强劲；民族语言文字的消亡，则必将注定民族文化乃至于民族本身或早或迟的消亡。

确定汉字的性质，有必要引用世界科学语言学之父、瑞士语言学家索绪尔的一段论述：世界上“只有两种文字体系：1. 表意体系，这个符号和整个词发生关系，因此也就间接地和它所表达的观念发生关系。这种体系的典范例子就是汉字。2. 通常所说的标音体系，它的目的是要把词中一连串的声音摹写出来”（《普通语言学教程》）。索绪尔的这个论断，不仅是着眼于文字记录语言的本质和文字构形的依据，而且是着眼于汉字的整体系统的。

必须指出，汉字在表意和表音的相互促进中，一直顽强地坚持其固有的表意特点。譬如当汉字所记录的词所指的事物发生了变化，汉字往往就及时地调整其字符，使之符合事物的特点。如“寺”的下半部原从“又”，表示主持，后改为从“寸”，表示法度；又如“炮”的左旁原从“石”，火药发明后改从“火”。由此可见，汉字整体上是以“意符”为纲的。

二、汉字的特殊意义。

就一般文字而言，其意义是记载语言的书写符号，是人类走向文明的标志，是文化不断发展的不可或缺的载体。而作为我们华夏民族共同使用的汉字，还有世界上其他民族文字所不具备的特殊意义。先就汉字与汉语的关系来说几点：

其一，汉语滋生出新词时，汉字即能及时地反映出来。如施、受分化：“授”（交付）与“受”（接受）；“鱼”（名词）与“渔”（动词）；“坐”（动词）与“座”（名词）；“人”（名词）与“仁”（形容词）；“疏”（形容词）与“梳”（名词）；“景”（光线照射的正面）与“影”（……反面）；“亡”（丢失）与“忘”（意念的丢失）、“盲”（视力的丢失）、“妄”（言行的丢失）；“经”（纵向的经线）与“径”（细而直的小路）、“泾”（流水的直波）、“颈”（脖子，细而直）；“茎”（植物挺立的茎）；“胫”（人的细长的小腿）。

其二，汉字在汉语里有区别语词的作用。语音在汉语里作为区别语词的手段非常不够。比如姓氏，人们常问：“是弓长张，还是立早章？”又如“陶、桃、逃、萄、啕”等，即使是双音词如“人士、人事、人世”,“原意、园艺”,“无意、无益、无异”等,仅靠拼音加上声调,是不能辨别以上双音词的,更不要说单音词了。

其三,汉语的口头词语所反映的客观事物是变化不居的;而用汉字记载的汉语书面语却相对稳定得多。例如:“镜”从“金”旁,是因为古代的镜子是铜镜;现代的镜子早已改用玻璃,但“镜”的金旁仍然保留。“牺牲”从“牛”旁,因为古代祭祀最高级的太牢要用全色的牛,叫作“牺牲”;后来这个词引申为“为正义事业捐躯”,指的已经是人,但汉字仍从“牛”。这种稳定性使得历代文献具有无限期的传承性。

其四,中华文化数千年来始终保持着“大一统”的局面,这在很大程度上是与汉字“书同文”的实现分不开的。一个汉字在各地可能有不同的方言读音,但写出来都是一样的,意思大家都能了解,都能认同。这样的功能,全世界也只有汉字才具备。因此,“同文同种”始终是中华民族凝聚力之所在。试想如果采用拼音文字,那么每一种“方言”都会成为独立的语言,每一种独立的语言都会培养出独特的文化心态,形成自己特有的文化传承与族群意识。如果那样,中国也许就会像欧洲一样,始终难以融合不同的族群,形成统一的民族文化心理。

再来说汉字的另一个特性,就是保存着极为丰富的古代文化信息。例如:

“独”与“群”。“独”字从“犬”,而“群”字从“羊”,因为古代初民都是带着一只狗来狩猎和放牧,而羊却是成群地放牧和圈养的。

“仁,二人为仁。”联系孔子所谓“仁者爱人”,说明“仁”是指人与人之间的关系,或者说,要树立“人应当把人当作人”的理念。“仁”又指果仁,说明“仁”为果壳包围,正如“人”为天地所包围一样。

“有,不宜有也。”“有”字从手从肉,以手持肉,当为“占有、领有”之意。为何解释为“不宜有”呢?按照郭沫若之联系社会发展史来考证古文字的方法,此解说正道出了古代私有制刚刚萌芽的时期,占有多余猎物与否定此占有之间的矛盾与斗争的思想意识。

以上情况表明，在辨析汉语语义时，重视汉字的作用是非常必要的。

三、汉字的美学特征。

作为语言书面符号的汉字，它的美学特征在全世界也是独一无二的。著名美学家李泽厚在《美的历程》中写道："绘画要从书法中吸取经验、技巧和力量。运笔的轻重、疾涩、虚实、强弱、转折顿挫、节奏韵律……净化了的线条如同音乐旋律一般，它们竟成了中国各类造型艺术和表现艺术的灵魂。"这里说的就是汉字本身蕴含着作为美学特征的最重要的因素：形象美、动感美、意境美。

就拿"文字"两个字来说吧。《说文解字·文部》："文，错画也，象交文。""文"即"花纹"之"纹"的早期写法。又云："字，乳也。"其上半部为室屋，下半部为婴儿，"字"即"育子"也。这说明"象形、会意"之造字法类似于绘画，自然具有一种形象美。

东汉书法名家蔡邕《笔论》云："为书之体，须入其形：若坐若行，若飞若动，若往若来，若卧若起，若愁若喜，……若水火，若云雾，若日月，纵横有可象者，方得谓之书矣。"所谓"纵横可象"，就说明书法的形象美显然是由汉字的线条美体现出来的。就笔画而言，甲骨文的刚劲，金文的典雅，篆文的圆转，隶书的柔韧，楷书的方折，行书的灵动，草书的飞扬，其起笔、运笔、收笔，其力度、疾缓、节奏，无不蕴含着运动的韵律，从而又体现着汉字线条的动感美。

汉字的形体具有独立性，形体内部又具有笔画、部件的组合性，其独立性和组合性造就了书法美的先决条件，而作品整体的情调、气氛与精神构成了书法的意境美。汉字在其发展的历史长河中，形成了各种书体。就其整体风格来看，可以展现出不同的情调。譬如小篆"其势飞腾"，隶书"体骨雄异"，行书"气候流通"，草书"宛若天然"等(引自唐代张怀瓘《六体书论》)。唐代四大书法家都擅长楷书，却各有风格：欧阳询的谨严，褚遂良的瘦峭，颜真卿的雄健，柳公权的遒劲。同样是行书，王羲之《兰亭序》洋溢着气清平和之美，而颜真卿《祭侄稿》则蕴含着奇伟悲壮之感。

汤武革命与“造反有理”

近日重新翻阅《尚书》，读到其中的《汤誓》和《牧誓》两篇，立即唤起后世史书上所称道的“汤武革命”。此“革命”，即所谓“革除天命”是也。

《汤誓》是成汤讨伐夏王桀时所作的誓词。试看：“王曰：有夏多罪，天命殛之。……今汝其曰，夏罪其如台（如何）？夏王率遏（竭尽）众力，率割（宰割）夏邑。有众率怠弗协，曰：时日曷丧？予及汝皆亡。夏德若兹，今朕必往！”在这个动员令中，成汤数落夏桀的罪行是：耗尽民力，宰割夏国的百姓，民众已经对他轻慢不恭，更不与他同心协力，都从心底喊出，这个酷日何时消失呢，我们愿与你一起灭亡！因而下定决心，一定要前往征讨。

《牧誓》则是周武王征讨商纣王时在商郊牧野所作的誓词。王曰：“今商王纣惟妇言是用，昏弃厥肆，祀弗答（问）；昏弃厥遗（遗训），乃惟四方之多罪逋逃（逃窜），是以为大夫卿士。俾（使）暴虐于百姓，以奸宄于商邑。”武王在其动员令中揭发商纣的罪行是：抛弃传统遗训，祖先祭祀不问，却重用那些四方诸侯国逃窜来的罪犯，听任他们暴虐百姓，违法作乱。今日的征讨就是对商纣的惩罚！再联系《尚书·西伯戡黎》篇，当商纣王的贤臣祖伊向他报告周文王已经平定殷商的附属国黎国而危及其国运时说："非先王不相（护佑）我后人，惟王淫戏用自绝，故天弃我。今我民罔弗（无不）欲丧，曰：天何不降威？"纣王却说："我生不有命在天？"祖伊反（驳斥）曰："呜呼！乃罪多参在上，乃能责命于天？"这里指明，因为纣王淫荡自绝，民众"无不欲丧"。

一个把自己比作太阳，一个自以为拥有天命，然而当这两个浑王罪恶滔天之时，民众不是喊出"时日曷丧"，就是责问"天何不降威？"急切希望他们得到应有的惩罚。

这种凭靠武力"打天下，坐天下"，几乎成了中国历史上所有改朝换代的模式，刘邦创立汉朝、李世民建立唐朝是如此，陈胜吴广起义、李闯王造反进京也是如此。尤其是陈胜吴广"揭竿而起"，半个世纪以来被现代中国政治历史图书大肆宣扬为武力夺取政权的"农民革命"，而且冠以"马列主义"的理论。其影响之深广可谓无以复加。

由此而联想到那"无产阶级文化大革命"的十年，被挑动起来的、遍布全国各地的红卫兵们喊得最响亮的口号就是"革命无罪，造反有理"。这个口号表明，当时的挑动者与红卫兵在"造反"与"革命"之间已经画了个等号。那么，它"革"的是什么"命"呢？当然不是什么"天命"。历史已经做出了结论，它"革"的是"文化之命"；称作"造反"也不贴切，因为它不是自下而上的自发行为，而是自上而下的诱导行为，比较确切地说，应当是无政府主义的"动乱"。

时至今日，究竟应当如何看待呢？有必要重新温习马克思、恩格斯的著作，全面、历史地理解其理论精髓，尤其要准确地把握他们有关"暴力革命"的论述。马克思说过：近现代历史上的革命"是每一个孕育着新社会的旧社会的助产婆"。这句至理名言，已经有学者作了准确的解读：其一，它确定了"革命"的内涵，是用新社会取代旧社会。那种"打天下坐天下"的改朝换代，与新旧社会的更迭日的不同、性质有别，是不能称作革命的。其二，它指明了"革命”的条件，即新社会在母体内已经孕育成熟。如果尚未成熟而急于催生，就只能生出早产儿，难以正常生长发育，到头来不是残缺弱智，就是夭折身亡。其三，它限定了革命的作用，这就是充当迎接新社会诞生的“助产婆”。就是说，革命只能起一种辅助性的保护作用，而并非造就一个激进的乌托邦。综合以上三点，才真正是现代意义上的“革命”。

马克思曾经深入地分析道：社会究竟是什么呢？是人们交互作用的产物。人们能否自由选择某一社会制度呢？决不能。在人们的生产力发展的一定状况下，就会有一定的交换和消费形式。在生产、交换和消费发展的一定阶段上，就会有一定的社会制度、一定的家庭、等级或阶级组织，一句话，就会有一定的市民社会。有一定的市民社会，就会有不过是市民社会的正式表现的一定的政治国家。这说得再清楚不过了。譬如“共和”这种制度吧，其真正实施必须具有三个条件：一是经济基础，即经济发展到一定的高度；二是民众普选，即由人民选出国家领导人；三是宪政法治，即用宪法限制国家最高领导人的权力。否则，也只是形式上的所谓“共和制”。

对于“革命”和“暴力”，恩格斯在《反杜林论》中也有过辩证的论述。对于“革命”，恩格斯认为它是一种“工具”：“它是社会运动借以为自己开辟道路并摧毁僵化的垂死的政治形式的工具。”这是说，与目标相比，它只是一种手段，既从属于目标，且发挥作用还有限制条件，即旧政治形式已进入僵化垂死的阶段。至于“暴力”，恩格斯指出，它既有破坏性的一面，也有在破坏性作用的基础上、同时还起着建设性的革命的作用。暴力既非“绝对坏事”，但亦非“万能”。因此，它一般地只是作为一种威慑力量而存在，不到万不得已时不可动用，而且使用时要小心谨慎，尽量克制，绝不可滥用。

看来，马克思与恩格斯既是思想深远的理论家，又是充满人文情怀的革命家。对于“能不能用和平的办法废除私有制”，他们也有过明确的回答。远古时代，通过一个简单的决定就以和平方式废除了母权制，代之以父权制。马克思说，这既是一场“最激进的革命”，同时又是“一个十分自然的过渡”。（《马克思恩格斯全集》，第4卷51—52页）

恩格斯晚年，欧洲资本主义进入了和平发展时期，他通过反思最后放弃了暴力革命的主张。1895年，他写道：“历史表明我们也曾经错了，我们当时所持的观点只是一个幻想，……1848年的斗争方法，今天在一切方面都已经陈旧了。”他又说：［由于］“有成效地利用普选权，……斗争的条件发生了本质上的变化。旧式起义，在1848年以前到处都起过决定作用的筑垒的巷战，现在大都陈旧了。”（《马克思恩格斯全集》，第22卷595—603页）这就明确了：根本性的社会改造，不能简单地依靠暴力来实现，只能寄希望于和平变革。

从野蛮走向文明是历史发展的总趋势，热衷于暴力是社会落后的表现。当前，国际社会应当致力于消灭贫困，减少失业，消除意识形态歧视，加强各种国际合作，由此推动整个世界的和平与发展。

由“国学”引发的深度思考

笔者在探讨“国学”的源头时，曾经用两句话来概括：“一部经典，两位巨人。”经典是指“群经之首”的《易经》，巨人是指“老子和孔子”。老子强调“无为而治”与“有无相生”，前者是顺其自然的自然法则，后者是事物相对的辩证法则。孔子不仅提出“大同世界”的政治理想，而且拥有“仁者爱人”的博大情怀。我国上古时代的这两位巨匠，分别从人的自然性和社会性两个角度表达了对人的理性思考与终极关怀。

其实，春秋战国时期，我国不仅出现了老子和孔子这两位世界级的巨人，而且有过孟子、荀子、墨子那样的一大批思想家，可谓群星璀璨。直至近代及“五四”前后，也出现过康有为、严复、梁启超、王国维、胡适、鲁迅这样一批思想大家。这自然是我们中华民族的骄傲。

然而从那以后，不要说那“群星璀璨”的大气象再也没见过，就是如梁、王、胡、鲁那样的大家也没有再出现过。这不能不让人感到深切的遗憾！这究竟是什么缘故呢？

这就不能不考察我们自身的文化价值观了。文化价值观，简括地说，就是对历史、现实、未来的看法和主张中那些最具抽象性和普遍性的结论与观点。这些结论与观点代表着人的终极追求和评判是非高下的标准，是文明发展变化的反映。人类在社会实践、生活体验、广泛阅读中不断积累知识，不断提高自身的智慧。而智慧决定着文化的深度与高度。科学、进步的文化观，是人类文明与文化自觉的表现，具有强有力的价值体系，并对过时的、僵化的思维模式与荒谬的理论学说起着颠覆与解体的作用，从而建立起崭新的思想体系与理论学说。

新中国成立以后，在种种"左"倾思潮的冲击下，以所谓"中西对立"为借口，宣扬东方文化特殊论来反对普世价值，那些符合现代化、民主化、全球化要求的文化价值观念如"民主、自由、平等、人权"等，即加上"资产阶级"的帽子遭到激烈的反对和否定，而持续控制人们思想的却是那些过时的、僵化的意识形态。众所周知，这种反历史、反科学的状况，在大"革"文化"命"的十年达到了登峰造极的程度。

目前世界文化的走势证明，科学没有阶级性，自然科学没有阶级性，社会科学也不应当强调什么阶级性，科学就是科学，没有例外或特殊。对科学问题、思想问题的研究，如果带上了阶级性，可以叫作"主张"，但不能称为科学。如果某些"主张"脱离了科学的轨道，那就应该回归到客观规律上来。坚持科学的一元性，其关键是面对事实，追求真理。

用上述历史文化观来审视新中国成立以来的社会现实，其中的问题就显现出来了。首先是强调所谓"阶级"与"阶级斗争"，政治运动一个接着一个，使得有独立思考的知识分子不敢承担应有的历史责任；其次是倡导所谓"舆论一律"，使得人们用人为的标准化思想来限制纷繁的头脑，不得越雷池一步，作品文章稍有一点"自由创新"，便被判定为"偏离"或"出轨"而受到禁止。应当肯定，自从提倡"实践是检验真理的唯一标准"以来，尤其是倡导改革开放以后，形势有了很大的改观……

笔者处于"知天命"之年，就曾经通读过四卷本《马克思恩格斯选集》(人民出版社 1972 年版),虔诚地信奉马克思主义,并为恩格斯的崇高人格所深深感动和激励。谈到马克思主义,不由得想起两桩总也挥之不去的事情来:一件是在马克思的晚年,有一个德国青年当面对马克思说起"我是个马克思主义者",马克思立即郑重地告诉这个青年:"我自己就不是个马克思主义者。"至今想来,这绝对不是马克思表示谦逊,而是另有其深刻的含义,即不要把他的学说当作一成不变的、僵死的教条。

另一件则是恩格斯于晚年有一条遗训,强调"社会经济形态的发展是一种自然历史过程",有其"本身运动的自然规律"。他于 1895 年在《"法兰西阶级斗争"导言》中写道:"1848 年《共产党宣言》写作时,由于地方和民族的特点而分散的隔离的群众,他们只是由共同蒙受痛苦的感情联结起来,还不成熟,往往一筹莫展地摇摆于热情与绝望之间。""历史表明我们也曾经错了,我们当时所持的观点只是一个幻想。历史做的还要多:它不仅消除了我们当时的迷误,并且还完全改变了无产阶级进行斗争的条件。今天在一切方面都已经陈旧了,这一点是值得在这里较仔细地加以研究的。"这是恩格斯晚年的一个非常重要的论断,然而许多自认为信奉马克思主义的人却没有能够认真领悟和正确理解,甚至于有意地忘却了。而这种"忘却",正是片面理解马克思、恩格斯思想,过分强调"阶级斗争"的"左"倾机会主义产生的根源。

说到作为思想家的马克思和恩格斯,我们自然会联想起他们为人们描述过的共产主义的前景:社会财富丰富到所有的人可以"各尽所能,按需分配";思想觉悟提高到每个人都把劳动当作"生活的第一需要"。这个前景自然具有极大的魅力。然而,马克思、恩格斯本人晚年也曾经这样明确地表述过:"共产主义对我们来说,不是应当确立的状况,不是现实应与之相适应的理想。我们所称为共产主义的,是那种消灭现存状态的现实的运动。"[①]他们还

---

① 参见《马克思恩格斯全集》第 3 卷第 40—41 页,人民出版社,1972 年版。

说:要在现存资本主义内部发现未来能够消除资本主义弊病的“新的生产组织和交换组织的因素”。这些新的思想,难道对我们后来人不是一种新的启示么!

那么,我们究竟应当如何正确理解作为思想家的马克思关于“共产主义”的学说呢?从上面引用的“不是应当确立的状况”,而“是那种消灭现存状态的现实的运动”的表述来仔细考量,当时提出的“共产主义”,是针对现存资本主义社会发展的逻辑而必然派生出来的一个批判和反思,是为“消灭现存状态”的一种境界追求和理想驱动。与其说它是未来社会的一种设计,毋宁说它是为改变当时极端不合理现象(即社会弊端)的一种“理念建设”。也就是说,它是以当时的资本主义的残酷现实和无序状态为负面对照系而设计出来的。作为资本主义社会的对立面,那种“境界追求”和“理想驱动”必然会促使很不合理的社会进行自我调整,而不至于在“资本利益”的驱动下滑向极端;而是促使现实社会逐渐地靠拢所追求的“境界”,不断地接近所期盼的“理想”,从而慢慢地变得比较的文明与和谐。试考察近半个世纪以来欧美发达的资本主义国家,这些国家长期以来不断地调节劳资关系、调整管理模式、改善不健全的制度、提升政治家的思想品质,如此等等,不正是朝着“消灭现存状态”、确立“应当确立的状况”的方向而“运动”的吗?另外,在一些西方发达国家里,不断涌现的各种信用合作社、公益性的慈善机构、基金会、医疗机构、文化体育团体,也在逐渐淡化人们的私有观念。我国改革开放以来,不断引进西方企业家的投资,不断效法西方企业的先进管理模式,不断派出专业人员去西方国家学习先进的管理方法与管理经验,不也是朝着“应当确立的状况”而“运动”的么?

本文由“国学”谈到文化观,又由文化观谈到马克思主义,进而谈到共产主义,现在再由共产主义回到文化观上来。放开来说,构筑理性思想文化的主要支柱,不是为别的,归根结底,是为人民大众,即为人类明确解答生命的内涵和生存的意义。科学理性绝不用思想文化伤害人，而是用它来启迪人、救助人。世界上越来越多的人都明白，作为“群经之首”的《易经》强调“与时偕行”，道家始祖十分关注人的生命的运转，儒家至圣热切谈论生存的意旨，都是为后人指明人生的永恒价值。为了治疗社会的种种弊端，古今中外的思想家们，提出了各种各样的方案：民族主义、民粹主义、资本主义、民权主义、民主主义、空想社会主义、科学社会主义、共产主义等等。这一切无非都是不同的文化价值观念在政治历史文化上的反映。该如何去鉴别其是非高下呢？只有一条原则，那就是通过实践去检验，运用科学去鉴定。舍此理性，别无出路。这不仅不会消解、而且还会坚定我们的共产主义信念呢。

让我们引用国学大师章太炎先生在谈到“中国文化的根源”时的论断来总结本文：“中国头一个发明哲理的，算是老子。老子在周朝，本是做征藏史，所以人事变迁看得分明。……老子出来，就大翻了，并不相信天地鬼神和占验的话。孔子也接受了老子的学说，所以不相信鬼，只不敢打扫干净。老子就打扫干净。以前看古来的帝王，都是圣人，老子看得穿他有私心。以前看万物都有个统系，老子看得万物没有统系。若人人都解得老子的意，又把现在的人情参看参看，凭你盖世的英雄，都不能牢笼得人，惟有平凡的人倒可以成就一点事业。这就是世界公理大明的时候了。”①

---

① 引自《章太炎学术史论集》，中国社会科学出版社，1997 年版。

百家争鸣与文艺复兴

若要论及中外思想文化史上群星璀璨的辉煌时代，首先想到的自然是中国春秋战国时期的百家争鸣和欧洲中世纪的文艺复兴。它们都是人类的非凡创造力在不同时代、不同地域、不同历史条件下喷发出来，使得人类的绝顶智慧在不长也不短的时期里大放异彩、绚丽多姿，并且影响深远。

先说众所周知的“百家争鸣”。春秋战国时期的诸子学说可谓异彩纷呈：老子所强调的“无为而治”“有无相生”，孔子所倡导的“仁者爱人”“大同世界”，荀子所提倡的“人定胜天”与后天教育，墨子所主张的“兼爱贵俭”“尚贤非命”，孟子所指出的“民本君轻”“兼善天下”，庄子所设想的“逍遥自适”“随变任化”，孙武所言说的“知己知彼”“上兵伐谋”，公孙所辨析的“白马非马”“石坚白论”等等，无不是人类智慧的高度结晶。

再说国人不怎么了解的欧洲的“文艺复兴”。仅就意大利而言即可列出：“前三杰”为现代意大利语的奠基者、欧洲文艺复兴时代的开拓性人物但丁，他以长诗《神曲》留名后世；著名诗人、人文主义的奠基者弗朗西斯科，他勇于突破中世纪的神学观念，用崭新的眼光把人和现实生活置于中心位置，把十四行诗发展成为一种新诗体，从而被誉为“诗圣”；著名作家与人文主义者薄伽丘，他以故事集《十日谈》批判宗教守旧思想，主张“幸福在人间”，被视为文艺复兴的宣言。“后三杰”则有达·芬奇、米开朗琪罗和拉斐尔，他们都是当时意大利最负盛名的绘画家、雕塑家及诗人，几乎是后世艺术不可企及的典范。此外还有通晓多门学科与多种文字、堪称“人文主义巨人”、其主要代表作为《巨人传》的法国作家拉伯雷，有以四大悲剧《哈姆雷特》《奥赛罗》《李尔王》《麦克白》与喜剧《威尼斯商人》等闻名后世的英国戏剧家和诗人莎士比亚，有写成《乌托邦》而成为空想社会主义创始人之一的英国人文主义者托马斯莫尔，有西班牙小说家和剧作家、其《堂吉诃德》被称为“世界文学的瑰宝之一”的塞万提斯，还有意大利著名政治家、其著作《君主论》影响了后世众多政治家的马基雅维利等。

对于“文艺复兴”，恩格斯曾经有一段经典论述：“这是一次人类从来没有经历过的最伟大的、进步的变革，是一个需要巨人而且产生了巨人——在思维能力、热情和性格方面，在多才多艺和学识渊博方面的巨人的时代。”无疑，这段论述也完全适合于对中国春秋战国“百家争鸣”时代的评价。

以上将中外历史上处于不同时代的“百家争鸣”和“文艺复兴”相提并论，那是缘于以恩格斯的那段论述为基准的考虑。若是从同一时代考虑，能与中国上古时代的百家争鸣大致相提并论的，只有古希腊的辉煌和古罗马的灿烂。而若与欧洲文艺复兴之同时代相比较的话，那就不能不有些令人沮丧了。元代几乎是文化荒漠时期，不去说它；而明代理学泛滥，不仅与所谓“群星璀璨”沾不上边，即使用“寥若晨星”来形容也似乎有点儿勉强，因为理学盛行的结果是对人性的摧残，是对人的创造力的扼杀。从人类智慧与勇气的角度来说，中国由春秋战国到宋元明清走的是一条逐渐倒退的路径；而欧洲从希腊罗马到中世纪直至近代，走的却是一条不断前行的康庄大道。

我们说文艺复兴是欧洲历史的前行，那是因为文艺复兴促使欧洲人从以神为中心过渡到以人为中心，它不仅破除了教堂与僧侣对于人们精神生活的禁锢，撕毁了经院哲学一统天下的垄断格局，而且提出了“知识就是力量”的论断，开创了探索人和现实世界的新风气，唤醒了人们的进取精神、创造精神以及科学实验的精神，从而为自然科学的大发展打下了坚实的基础，在思想上为资本主义制度的确立和胜利开辟了道路。

与此相反，中国上古的百家争鸣原是对人与自然的关系、对人在社会中的作用所作的全新的思考，而进入宋元明清时代，却不是所谓“玄学”就是所谓“理学”把国人引向摆脱现实、远离科学、进入昏暗的境地。其中的历史缘由和思想根源，很值得国人深深的反思。若再由此联系到“文革”十年毁灭文化、摧残人性的灾害，我们也就不会感到有什么大的意外了。不是吗？

与时偕行，海纳百川

2015年8月是伟大的思想家恩格斯逝世120周年，此前本想写一篇纪念性的随感，可当时正接手有关“国学”专题的系列讲座，于是乎就搁置到现在。这不，专题于12月上旬刚刚讲毕，上述纪念文字便有了如今的话题。

在表述国学之源头时，笔者概括为：“一部经典，两位巨人。”经典是指“群经之首”的《易经》，巨人是指老子和孔子。老子强调“无为而治”的顺应自然法则，孔子提出“大同世界”的社会政治理想。我国上古时代的这两位巨匠，分别从人的自然性和社会性两个角度表达了对世人的终极关怀。

《易经》经过孔子及其后学的整理与诠释，完全摈弃了原始宗教巫术，从而成为颇具创造性的《周易》，即内容丰富、思想深刻、体系完整的哲理论著，深刻地体现了中华民族精神之发生、成长、定型的整个历史。对于《易经》八卦之首的“乾卦”，孔子门人解释说：“天行健，君子以自强不息。”“乾”即指“天”，这是说天道的本质特征是“健”，而健则是运行不息的意思。众所周知，天之运行，昼夜更迭，四时交替，岁岁不止。有德之君子效法天道，故能自强不息而无须外力。由此引申出“终日乾乾，与时偕行”。这不仅明确地揭示了天道之运行不息的法则，而且强调了“人道”应当遵循“与时偕行”的规律。

不久前我读到著名语言文字学家周有光老先生有关文化史的论述。周先生站在人类文明发展史的高度，提出了历史三段论、文化双重论、科学一元论。他认为，要从三个方面认识人类社会的发展：经济上，是从农业社会到工业社会，再到信息社会；政治上，是从神权社会到皇权社会（专制），再到民权社会（民主）；文化观念上，是从神学思维到玄学思维，再到科学思维。“世界各国都在这同一条历史跑道上竞走，中国不是例外”。他还强调，“科学”与“信仰”在文化层次上有着根本性的区别：信仰一旦成为信仰，就不容怀疑，但它往往经不住科学事实的检验；而科学具有三重特性，即一元性、客观性（真实性）、自由性（允许怀疑），因而是建立在经过实践检验的坚实基石之上的。

人类在生活体验与广泛阅读中不断积累知识，不断提高自身的智慧。而智慧决定着历史文化的深度与高度。科学、进步的历史文化观，是人类文明与文化自觉的表现，具有强有力的价值体系，并对过时的思维模式与僵化的理论学说起着颠覆与解体的作用，从而建立起崭新的思想体系与理论学说。

周先生的“历史三段论”显然符合“与时偕行”的法则，这让人联想起关于“共产主义”的学说来。笔者于“知天命”之年就曾通读过四卷本《马克思恩格斯选集》（人民出版社 1972 年版），虔诚地信奉马克思主义，并为恩格斯的崇高人格所深深激励。说到马克思主义，最近总在脑海里翻腾着的是恩格斯晚年的一条遗训，即强调“社会经济形态的发展是一种自然历史过程”，有其“本身运动的自然规律”。也就是 1895 年，他在《“法兰西阶级斗争”导言》中写道：“1848 年《共产党宣言》写作时，由于地方和民族的特点而分散的隔离的群众，他们只是由共同蒙受痛苦的感情联结起来，还不成熟，往往一筹莫展地摇摆于热情与绝望之间。”“历史表明我们也曾经错了，我们当时所持的观点只是一个幻想。历史做的还要多：它不仅消除了我们当时的迷误，并且还完全改变了无产阶级进行斗争的条件。今天在一切方面都已经陈旧了，这一点是值得在这里较仔细地加以研究的。”至今想来，所谓“历史消除了我们当时的迷误”，这绝非恩格斯表示谦逊，而是另有其深刻的含义，即不要把他们的学说当作一成不变的、僵死的教条。这个以异乎寻常的坦率语言而表明的重要论断，充分显现出这位科学巨匠“掊斗折横”的理性思考和“海纳百川”的巨大气度。然而遗憾的是，许多自认为信奉马克思主义的人却没有能够认真领悟和正确理解。无疑，这正是极“左”思潮产生的根源。

作为思想家的马克思和恩格斯，曾经为人类描述过共产主义的前景：社会财富丰富到所有的人可以“各尽所能，按需分配”；思想觉悟提高到每个人都把劳动当作“生活的第一需要”。这个前景自然具有极大的魅力。然而，马克思、恩格斯本人晚年也曾经这样明确地表述过：“共产主义对我们来说，不是应当确立的状况，不是现实应与之相适应的理想。我们所称为共产主义的，是那种消灭现存状态的现实的运动。”[1]他们还说：要在现存资本主义内部发现未来能够消除资本主义弊病的“新的生产组织和交换组织的因素”。这一系列崭新的思想，难道对我们后来人不是一种新的启示吗！

从上面引用的“不是应当确立的状况”，而“是那种消灭现存状态的现实的运动”的表述来仔细考量，马克思和恩格斯当时提出的“共产主义”，是针对现存资本主义社会发展的逻辑而必然派生出来的一个批判和反思，是为“消灭现存状态”的一种境界追求和理想驱动。作为资本主义社会的对立面，那种“境界追求”和“理想驱动”也可能会促使很不合理的社会进行自我调整，不至于在“资本利益”的驱动下滑向极端；而是促使现实社会逐渐地靠拢所追求的“境界”，不断地接近所期盼的“理想”，从而逐渐地变得比较的文明

① 参见《马克思恩格斯全集》第3卷第40—41页，人民出版社，1972年版。

与和谐。客观地考察近半个世纪以来欧美发达的资本主义国家，他们长期以来不断地调节劳资关系、调整管理模式、改善不健全的制度、提升政治家的思想品质，如此等等，不正是朝着“消灭现存状态”、确立“应当确立的状况”的方向而“运动”的吗？我国改革开放以来，不断引进西方企业家的投资，不断效法他们的先进管理模式，不断派出专业人员去西方国家学习先进的管理方法与管理经验，不也是朝着“应当确立的状况”而“运动”的吗？

以历史文化观来深入思考，从《周易》提出“与时偕行”直到恩格斯强调“历史做的还要多”，从孔夫子提出“大同社会”直到马克思和恩格斯设想“共产主义”，无不体现出古今中外的思想家们所提出的治疗社会弊端的种种解决方案，都需要通过实践去检验，运用科学去鉴定。大凡鲜活的理念不仅不会消解，而且还会坚定我们的科学信仰呢！

阅读是神圣的事业

史书上称作“最为老师”的战国时代著名教育家荀子，其著述中有一名篇《劝学》，开宗明义就说：“学不可以已。”其后又云：“真积力久则入，学至乎没而后止也。”荀子还对“为师之术（途径）”提出了四项基本要求，用白话来表达就是：有尊严，让人不敢放肆；阅历多，令人心悦诚服；学问精，能够讲明道理；知微妙，论证非常透彻。显然，这是荀子从切身的教育实践中总结出来的，既独到又精要。

这就提出一个严肃的命题，学术如何才能够永远流传？无疑，文明社会以来，首要的就是凭靠历史传承的书籍及其所负载的知识。《淮南子·本经训》云：“仓颉作书而天雨粟，鬼夜哭。”历代学者都把此说当作神话。其实，按照文明社会的观念来思考，是可以做出合理的解释的。文字的发明造就了书籍的产生和知识的传播，因而推动了社会的进步，促进了农业生产的发展，导致了社会诚信的建立。农业生产发展的结果，自然是“天雨粟”（农作物的丰收）；而社会诚信的建立，必然使得“鬼夜哭”（所有专事诈伪的鬼怪必然绝望而哭泣）。这个说法，显示了文字、书籍的奇特作用。于是，阅读就成了人类接受并传承知识的最重要的方式和手段，简言之，阅读是人类文化发展的必要条件。如果要问如何阅读才能保持个人生命的美妙？那么有两个理念至关重要：一要明确阅读是神圣的事业，二要明确阅读须分清层次。

先说阅读是神圣的事业。这意思是阅读者须怀有一种宗教般的虔诚态度。因为阅读不仅可以引导人步入知识的殿堂，而且高品位的阅读还可以造就高品位的人。把阅读看作神圣的事业，自然就会密切关注阅读的对象，慎重选择对自己人格的建立、对自身心性的提高具有极其重要作用的书籍。总的说来，应当是那些具有经典品质的书籍，也就是那些具有严肃主旨、严整思考、严正语言的著作。只有这样的著作，才拥有庄重的品格；只有这样的文本，才能够引领人们走向智慧、走向教养，走向理性。

再说阅读须区分层次。只有如此，在书籍的海洋面前才不会茫然失措。根据我的体验，阅读应当分清三个层次。

第一是研究性的专业阅读，即围绕自己所从事的专业需要而进行的有系统的阅读，是为了奠定坚实的专业基础。这至少要占去自己过半的时间和精力。拿我来说，在大学时代，我一心想研究外国文学，尤其是俄罗斯文学，便有计划地从莱蒙托夫读到契诃夫；为了有所比较，又从希腊罗马读到文艺复兴，读到现实主义。毕业后我被分到省教院，不得已而改变专业，先后讲授现代汉语与古代汉语，为此我阅读了索绪尔、契柯巴瓦、王力、高名凯、吕叔湘等人的著作，后来从文法学逐渐扩大到训诂学、文字学与文献学。

第二是扩展性的辅助阅读，即为增厚理论基础和扩大学术视野而进行的高层次阅读，具体说来，就是为了提高自身的思辨能力。时下人们常说理性主义，何谓理性主义？我的理解就是：以阅读研究和思辨能力为主体的科学精神。为此，我结合专业需要阅读一些必需的外语、哲学、逻辑学等方面的书籍。大学时代为了真正地学好外国文学，在两年必修俄语的基础上我又选修了一年。在学了三年俄语之后，我不仅能读当时苏联的《真理报》与《消息报》，而且依靠俄华字典阅读俄文版的专业书籍；工作以后，还专门托人在苏联购买了两部大型俄文版专业书——契柯巴瓦的《作为语言学对象的语言问题》和茨维根采夫的《19—20世纪欧洲语言学史》，借助这两部书，一方面继续进修俄语，另一方面提高专业水平。掌握了一门外语，引导我通向了另一个世界。哲学方面我主要是阅读了德国几位古典哲学大师的著作，诸如希腊圣哲苏格拉底的形而上学、康德的知识论、尼采的超人哲学、黑格尔的辩证法等；逻辑学主要是亚里士多德的三段论法、黑格尔的《小逻辑》和金岳霖的《逻辑学概论》等。阅读哲学是为了提高理论素养，阅读逻辑学是为了强化思考程序，有了这两方面的素养，无论教学还是研究，都比较容易推导出合理的结论。

第三是熏陶性的情趣阅读，即为了陶冶人文情怀而进行的阅读。这种游走性的阅读，基本上是凭着自己的爱好挑选书籍，随着自己的性情自由阅读。就我而言，诸如《老子》《论语》《左传》《史记》以及欧美名著、大师传记、名人演说等等。

要注意，无论是哪一层次的阅读，都要具备一种纯正的心态。记得刚进入不惑之年，我翻阅宋代学者朱熹的《朱子语类》，其中有《总论为学之方》一卷和《读书之法》两卷。就读书问题，朱熹现身说法，所论之精要仍然是我们今日进入学术殿堂的门径。

读书要"精心"，这是朱子告诫的第一点。说的是阅读经典之作必须"专精"，必须下苦功夫。大凡经典著作，都已经过历代学者的一再品鉴，为我们提供了一个为学的基地。对这样的经典，朱熹说要细读一过，"一字不漏"。举个突出的例子，他曾依据经文句法发现今文与古文《尚书》之差异，即怀疑晚出的古文《尚书》二十五篇及其孔安国大序是伪作，后来得到清代学者的证实。如果不是精心阅读，朱熹怎么会有如此辨伪之发现呢？这里有必要引用《荀子·解蔽》篇的一段："好书者众矣，而仓颉独传者，壹也。好稼者众矣，而后稷独传者，壹也。"荀子认为，古时有志于文字与稼穑者不止一人，但仓颉、后稷专一于此，因而成就最突出，于是便独个流传下来。此说比较合情合理，强调了专心致志对成就事业的重要。

这是上古时代教育家荀子的又一个鲜明观点。

读书要"虚心"，这是朱熹说的第二点。他强调："读书别无法，只管看，便是法。正如呆人相似，自己未先要立意见，且虚心，只管看，看来看去，自然晓得。"听起来似乎很笨，其实是最聪明的方法。所谓"虚心"，这里有两个含义：一是要我们读书不要存"先入之见"，要屏除"主观"；二是要我们保持"谦虚"的心理，平平实实地去读书。唯其如此，方能汲取各家之长，融会贯通，日后即能道出前人所未能道者。

读书要"知心"，这是第三点。他说："看文字，且信本句，不添字，那里原有缺缝，……自家去抉开"。这是说，读书还要了解该书作者的"心意"。要知道，读书能发现"缺缝"，并非初学者即能达到的境界，是有了相当积累之后的事。当今常见的读书的毛病，就是动辄讲"创新"，喜欢用西方的所谓先进观念去穿凿附会，随意来评判中国的传统学术。殊不知中西文化虽有大体相通之处，却也有"水土不服"的问题，不可强求对应；而所谓"创新"绝非一蹴而就，其必要的前提还是靠持久阅读来逐渐积累。

当然，阅读的情性是逐渐培养的。通过持久而广泛的阅读，就会打开心灵窗户，积累深厚学识，活跃逻辑思维。须知，有品位的阅读确实能够延展我们的生活空间，到头来会给阅读者以沉静的品格、深刻的智慧、健全的生命。古往今来有成就的学者，无一不是凭靠认真而长期的阅读，大量吸收先贤时哲的思想结晶，从而酿就自己的独立见解，形成各自的创新思维的。

最后，有必要引用中外两位思想巨人的至理名言，因为它涉及阅读话题的关键。东方大思想家孔子有句名言："温故而知新。"而西方大哲学家黑格尔也有句名言："熟知非真知。"这两句名言似乎相悖："温故"即为"熟知"，"知新"应是"真知"，于此二者之间，孔夫子是肯定之论，黑格尔却是否定之论。孰是孰非，我们应当如何甄别呢？

其实，这两位圣哲说得都对，因为他们说的都不是必然性，而是一种可能性。“温故”如何能够“知新”?“熟知”怎么才能成为“真知”?哲学常识告诉我们,由可能性变为现实性,其间是有条件的,那就是必不可少的“思考”。这非常重要。只有通过思考,“温故”才能“知新”,否则“故”依然是“故”,永远也成不了“新”;也只有通过思考,“熟知”才有可能成为“真知”,否则“熟知”就有可能是经不起检验的“伪知”。

不过,思考需要有基础,要有材料来运作,这就是“温故”的“故”和“熟知”的“知”,否则是不可能进行有益的“思考”的。因此,孔夫子又辩证地指出:“学而不思则罔,思而不学则殆。”二者皆不可偏废。“勤学”,是指阅读经典著作,而“苦思”就牵扯到另一个即如何治学的话题了。

读史有感

为了“国学”系列讲座的需要，我翻阅了几部常读的史书。如今讲座已经结束，脑际却呈现出一句名言：“历史是一面镜子。”那么这面镜子究竟为后人照出了什么呢？

我国上古有所谓“《春秋》内外传”。其内传是指编年体史书《左传》，首篇即叙述“鲁隐公元年，郑伯克段于鄢”的故事。说的是郑国国君庄公兄弟不和，其弟共叔段在其母姜氏暗地支持下举行武力政变，结果兵败而被驱逐出境。作者左丘明借庄公之口指出：“多行不义必自毙。”

《左传》之末篇叙述的是“三家分晋”的史实。晋国有权势的知伯刚愎自用，怙恶不悛。晋懿公四年，知伯率领韩、魏二家包围赵襄子于晋阳。韩、魏二家反而与赵氏密谋，杀知伯于晋阳之下。于是晋国分成韩、魏、赵三个国家，历史即转入战国时期。

外传是指国别体史书《国语》，其开篇有关于周厉王的记载：“厉王虐，国人谤王。邵公告曰：‘民不堪命矣！’王怒，得卫巫，使监谤者，以告，则杀之。”“于是国人莫敢出言，三年，乃流王于彘。”厉王暴虐而被迫流亡。

《国语》之末篇记载的是吴、越两国连年作战的故事。鲁定公十四年(公元前 496 年),吴伐越,越败之于携李,吴王阖庐伤而死。后三年,吴王夫差伐越,报携李之役,大败之,遂攻入越国。在勾践“卑事夫差,宦士三百人于吴,其身亲为夫差前马”这样备受奴役的条件下,夫差答应了越国的求和。而勾践返国十年,卧薪尝胆,一心报复,三战败吴。当夫差向越国求和时,勾践答道:“今天以吴予越,越可以无听天之命而听君之令乎?”遂灭吴,而夫差自缢而终。

战国七雄,秦灭六国而一统天下。秦始皇虽然改分封制为郡县制,实现了“书同文,车同轨”,但他施行专制暴政,焚书坑儒,蹂躏百姓,民不聊生,怨声载道,结果激起诸侯奋起,二世而亡。其“万世”之梦从而破灭。

同室操戈,三家分晋,厉王流亡,夫差自尽,帝梦幻灭,这些血淋淋的史实说明了什么呢?

一是在中国历史上,“暴君当诛”一直受到民间舆论的鼓吹,甚至得到权力意识形态的支持与怂恿。战国时儒家亚圣孟子在与梁惠王对话时,就曾提到中国第一个暴君夏桀自比太阳,而《尚书·汤誓》中便记载着当时百姓的怨歌:“时日曷丧? 予及汝偕亡!”他在回答齐宣王关于“武王伐纣”之事时,明确地说:“残贼之人谓之‘一夫’。闻诛一夫纣矣,未闻弑君也。”意思是夏桀、商纣都是暴虐的独裁者,是该杀的昏君。“没有一个专制暴君能安享天年。”这是西方古罗马诗人查维纳说的。

二是以恶惩恶、以暴抗暴的本能,使得人的理性被仇恨的浓烟熏得睁不开眼睛。孔子弟子曾参针对残暴行为就指出:“戒之戒之! 出乎尔者,反乎尔者也。”所谓“自作孽,不可活”是也。暴虐会衍生新一茬的暴虐,正如路易斯·博洛尔所说的:“恐怖导致与恐怖做斗争的人也变得残忍,它使温和的人也学会了暴烈。”

古代的暴君不是为朝堂政变所弑,就是为激愤的民众所杀。古希腊起义的奴隶斯巴达克把奴隶主关进狮虎山,这种以命搏命的原始反抗就是典型的史例。恺撒大帝、查理一世、路易十六、拿破仑无不如此。近代的独裁者也大多不能善终，希特勒、墨索里尼、东条英机、马科斯，又有谁能躲避血光之灾而善终的？即使善终，也逃脱不了历史的裁判与惩罚。长期的政治高压，必然使得人们缺乏公民意识，缺乏民主教育，唯有对人权的冷漠、对武力的效仿。

按现代理性来看，不择手段只求目标、不计成本只图快感的行为，无疑地应受谴责。民主社会的权力转移，通常在有序的选举系统内进行，其输赢和更迭都远离暴力和武器，故历史成本也最低。而极权社会的权力角逐，情形则大不一样，不是政变就是革命，无不以死亡为赌注，以“铲恶务尽”为目标。

精神面貌与政治形态的关系，是一个历史文化的大课题。癫狂、狠戾、激烈、偏执，不仅是独裁者的个人气质，也是所有失去理性的人的共同特征。孟德斯鸠在《论法的精神》中说：“共和国的精神是和平与温厚。”这在美国南北战争上表现得尤为充分，战争一结束，林肯总统就颁布了大赦令，免除全部南方军将士的战争罪，南方军事统帅罗伯特·李将军既没有因叛国而遭到北方的审判，也没有因投敌而招致故乡的唾弃，正相反，由于他放下武器，避免了更多生命的牺牲，且敢于舍弃个人的军事荣誉，而同时赢得了南北方的共同尊重。这体现了美国后来一贯的主流精神：对不同政见的尊重和理解，对多元文化价值形态的包容与宽厚，对权力独裁和观念垄断的鄙弃与拒绝。这种“和平与温厚”的精神特征，在一定程度上，已经成为检验一个社会制度“共和”与否的尺度。

政治信仰和意识形态上的妥协，其受益者是人民大众，是国家和历史。就像今天的中国人游览万里长城，只赞叹其雄伟壮观，而不追究工程背后的民生灾难一样。

笔者为何要摘出古代史书上有关专制暴力的记载以示今日的世人呢？这不仅是要说明实施专制暴力的结果最终是为自身挖掘坟墓，剥夺别人的自由即等于剥夺自己的自由；而且对暴力熟视无睹的话，将会伤害整个民族尤其是不谙世事的年轻人的心灵与思想，因而有可能滑向社会民粹主义甚至法西斯主义的泥坑。我们应当以史为鉴，尽一切力量培养理性，尊重生命，消弭裂痕，化解仇恨，鄙视暴力，避免纷争，使社会民主，民族和睦，国家昌盛。

阅读中西神话的启示

要说系统阅读，最早的是我在大学学习期间配合主课对成本的中国与希腊两国典籍里许许多多神话故事的阅读。如今回忆起来，仍然有着深刻的启示。

大家都知道，超出自然万物而让人供奉祭拜的特异力量即谓之神，神无非出自原始人的初始思维。就神话的丰富多彩而言，中国和希腊堪称东方与西方之最。

据《山海经》《淮南子》等古籍记载：盘古开天辟地之后，其身化作世间万物，然而没有人类，世界显得极其荒凉。其时，女娲灵机一动，蹲在地上，用泥土掺水，揉成一个个有双手和两腿的小泥“人”。这些小东西一到地面，居然围着女娲的膝盖活蹦乱跳地欢叫着。女娲看见这些小人十分高兴，便干得更欢，继续用手揉着掺了水的黄泥，不断地捏成赤裸裸的男男女女，这些“人”多了，便陆续散开，大地随即充满了生机。女娲为自己的创作感到异常兴奋。然而她意识到，天地如此宽广无边，捏成泥人过于缓慢，不得已便从山崖上拽下一根条藤，放进搅浑的黄泥潭里，然后抽出猛地向地面挥去，泥点落到地上，也都成了欢跳的小人。不久，大地到处都有了人的踪迹。

在《荷马史诗》所保存的希腊神话里，普罗米修斯曾协助天神宙斯推翻其父王的残暴统治，而结果令他失望，宙斯也是个只顾自己享乐而不管他人死活的凶神，祖先创造的世界依然冷寂与单调，那肥沃的土地与浩渺的海洋，应该有人来管理和利用。于是，普罗米修斯挖掘泥土，加水调匀，依照神的形象塑造了人。他把塑造好的泥人放到空旷的原野，请来智慧女神雅典娜赋予他们灵魂与思想。世界上从此便有了人类。他们统统都是男人，由他的兄弟带领着在大地上艰难地生活，既经不起严寒的侵袭，也挡不住猛兽的攻击。普罗米修斯明白，只有掌握了火才能帮助他们摆脱灾难，他终于想出妙计，趁宙斯与众神在一次庆功宴会上喝得酩酊大醉时偷取火苗，来到人间。从此人类有了火，得到了温暖，吓跑了猛兽，驱走了黑夜。不仅如此，他还教会人类种植谷物，蓄养动物，人类的生活日渐昌盛。宙斯醉后醒来，一见人间变样，震怒之下，即命令暴力神将普罗米修斯锁在高加索山的悬崖上，让凶猛的鹫鹰每天都来啄他的肝脏，使他遭受巨大的痛苦。宙斯还不解恨，为了祸害人类，即让妖媚女郎潘多拉用计打开装有许多怪物的匣子，因此，灾荒、疾病、嫉妒、忧愁这些怪物便不断地戕害人类。

两相比较，即可探究出中西造人神话的异同点。其中有意思的是，两则神话都将人的诞生与泥土联系起来，都把大地看作人的生命之源。

不过二者有一个很大的区别：中国神话里造人的是女神，而且男人和女人是同时产生的；而希腊神话中的人却是由男神创造，并且是先造就男人，女人则是天神为了惩罚男人而造出来的。这恰恰透露出，中国的造人神话产生于氏族社会的母权制时代，而希腊神话明显地显露出原始社会父权制的印记。正如恩格斯所说的："希腊人，在他们出现在历史舞台上的时候，已经站在文明时代的门槛上了"，就是说，"母权制已让位给父权制"。

给人以启示的还有一点。在希腊神话中，自然神的最高代表宙斯处处与人为敌，不仅严惩造人的普罗米修斯，而且使用诡计，将各种灾害与苦难撒向人世间。而中国神话里的人是由最高神创造，而且最高神处处保护人类，关注人的生存。这就是人们所熟知的女娲炼石补天、杀龟立柱、剿灭怪兽、防堵洪水的种种故事。显然，西方神话展示着人与自然的对立，而中国神话却体现了天与人的和谐理念。这种古老的文化差异，正揭示了商业文明与农业文明的分野。

马克思说过："任何神话都是用想象和借助想象以征服自然力、支配自然力，把自然力加以形象化。"然而，中国最古老的经典《易经》里的"八卦"却是把八种自然力加以抽象化，其目的也是在复杂多变的自然界中求得生存、进而征服自然界。它是初民对当时自然与社会现象思考的产物，反映了初民的信仰、追求与祈望，并用抽象符号的形式把它们表达出来。

为什么上古的中国会有这样的表达形式呢？屈原《天问》与《山海经》给了我们以启示：中国神话里的神是超自然的神怪，其形象多为神与兽的共存、结合而远离人，人与神的分界较为明显，保留着自然崇拜、图腾崇拜的影像。因为中国神话产生较早，距离文字的产生十分遥远，再考虑到儒家孔子"不语怪力乱神"的理念，《易经》中以八卦形式将八种自然物质符号化，就不会感到怎么奇怪了。

人类区别于动物的重要标志之一，就是人能思考，而人类的原始思维，最初都是指向人所生存的自然界。自然界一方面为初民提供有限的生活资源，另一方面又以无情的灾害威胁人类的生存。人从动物分化而来，既有希求温饱、趋利避害的本能要求，又有着不同于动物的一面，即有从盲目适应自然到极力想认识自然、解释自然、最终驾驭自然的愿望。初民们在主动顺应自然、避免自然灾害的过程中，不断思考周围发生的一切现象。例如：为何天空有时明媚有时阴暗？为何一年四季周而复始？为何会突然出现山崩地裂？为何平静的江河有时会巨浪滔天？等等。于是天地、风雷、山泽、水火便自然而然地成了初民最初关注的物质对象，并用抽象符号来象征。

远古神话显示出中西文化所出自的时代差异及其思想差异，此种差异随着社会的不同发展与文字的不同演变而逐渐扩大，这就是所谓“黄色文明”与“蓝色文明”的形成过程。直到近代，“蓝色文明”的枪炮冲击了“黄色文明”，一方面使“睡狮”觉醒，另一方面也使两种文明加强交流，相互影响，一直走到今天，思想意识逐渐接近，而差异仍然存在。当今时代，东西方应当从神话阅读中深刻地认识此种差异的历史根源和思想渊源，能够真正地从观念束缚中解脱出来，彼此尊重，冷静对待，消除误解，减少隔阂，加强交流，务实合作，为人类的和谐共处创造更多的机遇与空间。

由《诗经》之情爱诗说开去

《诗经》，先秦时只称《诗》或《诗三百》，汉代以后成为儒家经典才改称《诗经》，是中国历史上第一部诗歌总集。《诗经》三百零五篇分为《风》《雅》《颂》三大类，其中《风》诗也叫《国风》，大都是各地民歌。《国风》内容丰富多彩，其中最多的是有关婚姻恋情的歌谣，或写恋爱，或写偷情，或写爱情受阻，或写生离死别。这些都展现了情爱的天然合理，是《诗经》中最为精彩的部分。譬如下列几篇：

《周南·关雎》："关关雎鸠，在河之洲。窈窕淑女，君子好逑。参差荇菜，左右流之。窈窕淑女，寤寐求之。求之不得，寤寐思服。悠哉悠哉，辗转反侧。"

——君子爱慕、追求淑女，以至翻来覆去，长夜不眠。男女情爱为人伦之始，故列之为"三百篇"之首。

《召南·野有死麕》："野有死麕，白茅包之。有女怀春，吉士诱之。……舒而脱脱兮，无感我帨兮，无使尨也吠。"

——吉士携带猎物去追求漂亮姑娘，姑娘约他到家中幽会，要他悄悄到来，莫要急躁，莫让狗叫。

《邶风·静女》："静女其姝，俟我于城隅。爱而不见，搔首踟蹰。……自牧归荑，洵美且异。匪女之为美，美人之贻。"

——男青年约女友在城楼上幽会，女友故意躲藏起来，青年急得搔首心慌。随即送她美妙的白茅，因是情人所赠而价值更高。

《卫风·木瓜》："投我以木瓜，报之以琼琚。匪报也，永以为好也。"

——这首情歌一唱三叠，展现青年男女互赠定情之物，表达永远相爱。

《郑风·狡童》："彼狡童兮，不与我言兮。维子之故，使我不能餐兮。彼狡童兮，不与我食兮。维子之故，使我不能息兮。"

——女子失恋，以至于寝食不安。

《郑风·将仲子》："将仲子兮，无逾我里，无折我树杞。岂敢爱之？畏我父母。仲可怀也，父母之言，亦可畏也。将仲子兮，无逾我园，无折我树檀。岂敢爱之？畏人之多言。仲可怀也，人之多言，亦可畏也。"

——少女婉拒情人前来幽会，害怕家人的反对与舆论的指责。

《唐风·葛生》："葛生蒙楚，蔹蔓于野。予美亡此，谁与独处。角枕粲兮，锦衾烂兮。予美亡此，谁与独旦。夏之日，冬之夜。百岁之后，归于其居。"

——妻子悼念亡夫，为独守空房而悲伤，但愿一朝死后，能够同穴共眠。

读后我不由得联想到恩格斯在《费尔巴哈与德国古典哲学的终结》中对性爱的精彩评论："人与人之间的，特别是两性之间的以感情为基础的关系，是自有人类以来就存在的。尤其是性爱在最近八百年间取得了这样重大的意义和地位，竟成了所有的诗歌都必须环绕着它旋转的轴心了。"（人民出版社 1966 年版，第 23 页）

显然，前一句完全适合我国《诗经》的时代，而后一句就只适用于欧洲，至于中国远非如此。从恩格斯作出上述评论的 1886 年上溯八百年，正是中国宋代的大安、元祐年代，此后的八百年正是宋明理学兴起之时，中国人的性爱别说成为"轴心"，就连"边缘"的地位也说不上，恰恰相反，这时正是"性爱"处于最受禁忌的时期。

说到“性”，就其本义而言，首先是自然属性，但作为人类的文明，这自然属性却又只能成为一个基础。说性就必然涉及男女，而涉及男女又要讲文明，于是产生所谓“性爱”。讲性，讲男女，讲性文明，此三者加在一起，就构成了人类性文化的基本内容。就性爱本身来说，它包含三个基本因素：男女在性爱中的地位，文明在性爱关系中的作用，构成性爱基础的结构类型。没有男女地位的平等，没有性关系的文明，质言之，就不成其为人类之爱。至于上述第三个因素是说，爱可能是纯情的，也可能是复杂的。现实中的爱，一般说来，纯情的少，因为现代社会文明水平还不能够为人类提供绝对纯情的基础。人们的现实情爱总是与所爱对象的相貌、性格、品质、职业、文化水平、社会地位以及经济收入有某些联系。但是，健康的性爱只以双方的爱情为基本动机。如果以家庭背景、经济条件、社会地位或者其他条件作为基本动因，那么，这种性爱就多多少少打了折扣或蒙上了阴影，也就或多或少是不文明的了。

性爱本身既有自然的构因，又有社会与文化的构因，而文化构因属于文明历史这个范畴，于是为了适应文明历史发展的需要，就产生了禁忌。应当肯定，禁忌最初乃是一种进步。人类最初群居，不分长幼，不辨亲疏，杂交而居，繁衍后代。后来人类文明进步了，便有了第一个禁忌，即血亲之间异代不能发生性关系。再后来，兄弟姐妹之间不能发生性关系，这是第二个禁忌。从杂交开始，经过群婚制、对偶婚制，到一夫一妻制，人类总算达到了古典意义上的性文明。

说到性禁忌，历史上的性禁忌实质上就是性压迫。在西方，是以神的面目实行性禁忌和性压迫，而在中国古代，则是以“礼”的面貌实行性禁忌和性压迫的。后者比前者更能迷惑人心，更加强词夺理。由于生产力依然低下，人性被严重扭曲，随着人类物质文明和精神文明的发达，又开始了打破禁忌的性爱民主运动，也就是所谓开放行为。西方的性解放确实形成过一股强大的潮流，但是从现在来看，强调伦理道德已成为比较明显的社会倾向。

中国古老的《易经》对性曾有过见解："天地氤氲，万物化纯；男女媾精，万物化生；枯杨生华，老妇得其士夫；枯杨生稊，老夫得其女妻，无不利。"说明合理的性生活，对男女双方都有益。然而，在理学泛滥时期，虽然礼教压抑性爱，但性爱并不畏惧退却。由于礼教扭曲人性，因而产生了许多爱情悲剧和家庭悲剧。中国古代的文化伦理道德禁锢人心，影响至深，使人不能正视自身性爱的纯正性，其性心理显得软弱无力。正是这个原因，才导致了《红楼梦》宝黛爱情悲剧的必然性，一个含愤而死，一个离家剃度，它既是特定文化压抑下梁祝式的哀歌，也是对封建礼教无奈的反抗。

佛教教义给人的启悟

佛家有两句禅语:“非佛即佛何来佛,唯我无我常问我。”读来很有哲理意味,涵泳再三,总觉得是我们人生观应当具备的成分。

大家知道,共同创办苹果电脑公司并接连推出创新产品,使电脑业面目一新的科技奇才乔布斯病逝时享年56岁,他留下了不少极为深刻的至理名言:“我很确定,如果当年苹果电脑没开除我,就不会发生这些事情。这帖药很苦口,可是我想苹果电脑这个病人需要这帖药。”“我确信,我爱我所做的事情,这就是这些年来让我继续走下去的唯一理由。”“光阴有限,不应浪费在过别人的生活,最重要的是要提起勇气、倾听内心、跟着感觉走。”

这正应了“非佛即佛何来佛”这句禅语。乔布斯并没有把自己当作什么“旷世奇才”,只是因为“当年苹果电脑开除”了他,让他尝到了这帖人生的“苦药”,他才联想到“苹果电脑这个病人需要这帖药”,因而决心用“这帖药”去治疗它。而且是因为“我爱我所做的事情”,因为珍惜“有限的光阴”,“提起勇气、倾听内心”,一往无前地“跟着感觉走”,才创造了电脑业界的奇迹。

更为难得的是,这位奇才并没有回避“死亡”这个人生必有的命题。他说:“死亡是每个人最终的目的地,没人躲得过,这是注定的，因为死亡极可能是生命最棒的发明。死亡是生命交替的媒介，送走老一代的事物，迎接新生代。”他又说：“几乎所有的事——外界的期望、自尊、对难堪或失败的恐惧——这些在死亡面前，都将烟消云散，仅留下最重要的事物。”

说得多么美妙啊！“死亡是生命最棒的发明”，“死亡是生命交替的媒介”。这又应了“唯我无我常问我”这句禅语。乔布斯对待“死亡”的豁达态度，不正是“唯我无我”而以平常心来“问我”的异常境界么？

与以上禅语相对立，在佛教《金刚经》中另有“我执”和“著相”两个概念。所谓“我执”，就是陷入一定要执着于“我”的概念，例如有意彰显、自以为是等；所谓“著相”，就是执着于现象之概念，例如高调渲染、执意报复等。

与此相合的莫过于近几年在网络中流行开来的“痞子文化”。我们会不时地见到一些大大小小、乱蹦乱闯、一似无头苍蝇的“小人儒”，他们有意利用网络文化的虚拟空间，随心所欲、肆无忌惮地造谣生事，混淆是非，罗织罪名，大泼污水，诬陷别人，吹捧自己；有的甚至于祭起“文革”时期颇为灵验的“大字报”之阴魂，达到他们不可告人的阴险目的。

“小人儒”一般具有三大特性，即市侩性，帮派性、煽动性。这些人心目中没有理性，没有良知，有的只是贪图私利而猥琐卑微。他们在物质欲望乃至名利地位的需求上永远也不会满足，阴暗角落往往是他们的麇集之地。这些人为了图谋私利，动辄拉帮结派。他们有心计，善拉拢。在这种痞子文化的土壤里，不仅滋长了“四人帮”那样的政治人物，也滋生出所谓的教授学者。这批人披着专家教授、研究人员的漂亮外衣，到处混淆视听，搬弄是非，唯恐天下不乱绝对是他们的信条。这帮人是社会各界中最不安分的一种力量，由于他们贪婪成性，永无满足，因而始终是社会的一种破坏性的冲击力量。一旦有个风吹草动，他们就会摇唇鼓舌，煽动闹事，而社会越是动乱，其力量也就越大，他们获得的利益也就越多。如果你为此心烦意乱或受此引诱迷惑，那就恰恰中了他们的诡计。

具有以上特性的那些痞子小人有着无法弥补的人格缺陷，他们以自我为中心，狂傲自大，自以为是，只讲强横，不顾理性，动辄谩骂，好耍无赖。这本来是一种浅薄而落后的文化心理，是对人类文明的一种反叛力量，无论社会怎么讲法制，总也摆脱不了流氓本性，怎么也改变不了其见利忘义、损人利己的劣根性。权力崇拜、身份崇拜，已经深入他们的骨髓，于是他们对于比自己处境好的人和事都会产生超常的贪慕情绪与嫉妒成仇，当着自己的等级难以改变，而同等级人的身份发生变化之时，一股无名怒火不禁冲天而起，因为此种人最不甘心的就是别人超过自己。这种人往往不是把自己的一点点聪明和能力用在正常的竞争方面，而是想方设法，竭心尽力，从内部去消耗对方。这不正是“我执”和“著相”的恶意展示么？

上述恶意表现并非网络文化的特产，海外日本的政界即有。由于其根深蒂固的“幕府政治”，大多数豪门贵族的管家与武士，就有着浓厚的痞子习气，只讲强权，蛮横无理，粗俗无赖，动辄刀枪。这批人后来逐渐从政，成了豪门贵族的政治代表，从而助长了这个国家顽固的“右翼势力”及其军国主义精神。近几十年来，日本右翼势力所拥戴的历届政府首脑，除了极少数以外，大多是一些政治痞子当家，现时以安倍晋三为首相的日本内阁尤为突出。虽然一个个道貌岸然，但无赖习气依然，痞子腔调十足，他们屡屡否定其二战期间的侵略历史，不仅不像德国有头脑的政治家那样，向二战期间的受害国家与人民赔礼道歉，而且不少政客在其言论行动上多次违背人类社会之公德，忙不迭地参拜战争罪犯，极力为“慰安妇”问题辩护，否认南京大屠杀的血腥罪行，而且还公然挑衅世界正义与战后国际秩序，挑起与东亚邻国的领土争端。即使冒天下之大不韪，引起包括本国有良知的民众在内的亚洲乃至世界人民的极大愤慨，也在所不惜。从佛教教义说来，这显然是令世界各国民众所不齿的政治堕落。

是学术，也是一种修行

汉语言文字学，在一般人眼里是一门枯燥烦琐的学术，然而，在半个世纪的摸索钻研过程中，我却深深地体悟到，这门学术给人的也是一种品质的磨砺，一种人生的修行。2015 年 8 月下旬，我应邀出席由北京师大章太炎、黄侃学术思想研究中心主办的研讨会归来，这种感觉尤为强烈了。

是的，攻治汉语言文字学，少不了要进修普通语言学、汉语史、文字学、音韵学、训诂学、校勘学、文法学、中国语言学史，乃至于哲学、逻辑学、心理学等，更不要说须阅读大量的古代经典文献了。一点儿也不错，在刚刚起步时，我有过或浅或深的茫然与新鲜；可在其后的钻研中，也有过或短或长的疲乏与困顿。然而，在“山重水复疑无路”之时，倏忽间“柳暗花明又一村”，眼前豁然开朗，那种似醉非醉的体验与兴奋真是一种莫名的心灵享受。

从上述那些课程的名称也大致可以了解，攻治汉语言文字学到达一定的阶段，也就掌握了语言学的思维方式。而语言学的思维方式与哲学逻辑思维极为切近，是精确的、有据的、理性的，与其他各种人文学科相比较，汉语言文字学的研究毕竟要冷静得多。这里不妨举几个通过严密思考而获得兴味的例子。

东汉学者许慎所撰《说文解字·有部》云："有，不宜有也。从月又声。"许慎对"有"字的解说并不符合甲骨文"有"字的形体结构。据甲骨文释义，"有"字当是个会意字，其形体之上半部像"手"形，下半部像半个"肉"形，合起来是"以手持肉"，即占有、领有之意。"有"字既然是"占有"之意，为何许慎把它解说为"不宜有"呢？这就需要联系社会发展史来思索了。在原始氏族社会末期，私有观念刚刚萌芽而尚未得到当时部落人众的承认，按人平均分配所剩余的猎物被某个酋长"占有"之时，氏族的其他成员必然提出"不宜有"之呼声，其间的矛盾与争执也必然要在人们的意识中保留一个相当长的时期，因而也就在汉字草创之时留下了痕迹。许慎对该字的说解并非空穴来风，而是具有相当的史料价值的。

上古社会华夏民族有所谓"射礼"。这表明弓矢的用途在经历了"用于猎兽"与"用于杀敌"两个阶段之后，便逐渐"用于礼仪"上的赏罚而具有执法的功能了。这就是所谓"弓矢文化"，即各民族初民在狩猎（生产）、御敌（军事）和礼仪（文化）活动中形成的与弓、矢（箭镞）、的（目标）、射（射事）相关联的习俗与意识。恩格斯曾经指出过，在人类蒙昧时代的高级阶段，"由于有了弓箭，猎物便成了日常的食物，而打猎也成了普通的劳动部门之一。……弓箭对于蒙昧时代，正如铁剑对于野蛮时代和火器对于文明时代一样，乃是决定性的武器"。在华夏民族的成熟时期，弓矢已经在文化生活中发挥出其显著的意义，可以用来象征和评价人际交往活动中一切公正无私的礼乐行为。这可以从词汇学的角度加以说明，在射礼中，射中之"中"（读去声）指箭靶的中心，而单独一个"中"（读去声）则是射中的简称；那个作为箭靶中心的"中"（读平声）正是箭矢所指之处，即箭矢应"中"（读去声）之处。明白了"中"字不同的词汇意义，也就领悟了其中所隐含的文化意义。作为"四书"之一的《中庸》引孔子云："射则有似乎君子，失诸正鹄，反求诸其身。""发而不失正鹄者，其唯贤者乎！若夫不肖之人，则彼将安能以中？"显然，在孔子看来，只有身心正直、平心诚意的人才能手持弓箭稳固地对准目标，做人与射箭是同一个道理。

再看作为“五经”之一的《礼记·大同》篇，有一段孔子的话是大家所熟悉的：“大道之行也，天下为公。选贤与能，讲信修睦。故人不独亲其亲，不独子其子，……”粗略读过，很可能把“选贤与能”一句理解为“选拔贤者和能者”。但联系下一句“讲信修睦”是两个动宾结构，从文言句法讲究整齐来思考，“选贤与能”也应当是两个动词和宾语的关系，因而其中的“与”不宜解作连词，而应当解释为动词“举”，即“选拔贤者、举荐能者”才更为准确。

以上有关文字、词汇、句法的分析解释，不仅需要相关的专业知识和背景知识，而且更要有冷静的思考和坚韧的耐性。不是吗？所谓背景知识，包括与言语所指有关的社会历史文化知识，反映客观事物及其联系的知识。这一系列知识对言语的结构和意义起着相当的制约作用，言语的结构和意义是在此背景上才显示清楚的。例如邹阳《狱中上梁王书》：“故樊於期逃秦之燕，藉荆轲首以奉丹书。”如果不知道荆轲刺秦王的历史事实，“荆轲首”就可能误解为“荆轲之首”；而如果有此背景知识，即知“藉荆轲首”是“向荆轲借其首级”的意思。不过，其间假如没有一点儿平心静气的思索的心态与功夫，上述背景知识也就不起任何作用了。

思维是大脑的一种机能，包括对客观事物进行分析、综合、比较、抽象、概括等活动，其外在形式有概念、判断、推理、论证等。思维为言语理解提供基础，人的语言能力要靠思维的活动才能在语言运用中付诸实践。言语系统的结构、意义、语境、背景知识这些要素，都要与思维能力、语言能力、心理活动结合起来，纳入思维过程中才能对言语的结构发生制约作用，而语言能力正是思维能力的主要表现形式。正因为汉语言文字学是这样一门人文精神和科学思维相结合的学科，所以要求冷静地洞察字词语句形成的原因和发展的轨迹，因而也就无形中传递了人生哲理，引导着对事对人的耐心静思与宽容豁达。

朱熹有一首《观书有感》的绝句：“半亩方塘一鉴开，天光云影共徘徊。问渠哪得清如许？为有源头活水来。”如何能见到“天光云影”之奇妙景象？唯有虚心；如何能探得“活水”之“源头”？唯有“清心”。我们有理由认定，以“净化”的心情去执着地探求经典的本意，这是语言学科研究的起点。从这个起点出发而长期坚持不懈，怎么不能磨砺学者的品质，又怎么不是学者的一种修行呢？

《老子》"敦、混"之文化演绎

《老子·十五章》云:"敦兮其若朴,混兮其若浊。"河上公注:"敦者质厚,朴者形未分,内守精神,外无文采也。混者守举真,浊者不昭然也。"这是说,淳厚的好像尚未加工雕琢的原木,混合的则和光同尘而不分明。与此相类的还有两句:"是谓无状之状,无物之象,是谓惚恍。""俗人昭昭,我独昏昏。俗人察察,我独闷闷。"王弼注:"闷闷昏昏,若无所识。"其实,"敦、混"合起来即"混敦",又写作"浑敦、混沌",与"惚恍"倒之为"恍惚"都是形容昏然淳朴之状。这与《老子》首章所云"道可道,非常道;名可名,非常名。无,名天地之始;有,名万物之母"的玄理是一致的。

由此别开生面,我们可以从语言学的角度予以文化演绎。词汇引申有两条基本规律:一是由个别到一般,一是由具体到抽象。那么,《老子》"混敦"之抽象意义是循着什么引申途径而演绎来的呢?

我们知道,凡圆形之物,人皆形容为"浑圆"或"滚圆"。《诗·七月》"八月断壶",毛传云:"壶,瓠也。"瓠即椭圆形的葫芦。浑圆之物善于滚动。滚之动作,北方俗称"轱辘"或"骨碌"。例如说"一骨碌爬了起来"。善滚之物则称"磙",如"石磙""磙子",北方亦称

“轱辘”，如“车轱辘”。可见“滚”即“骨碌”，而“磙”即“轱辘”。只是语音有单、复之别。这与“孔—窟窿”“喉—喉咙”“巷—胡同”等一样。

浑圆则完整无缺，故引申为“完全”“整个”。陆游《剑南诗稿·农家》：“低垣矮屋倚江流，浑舍相娱到白头。”浑舍即全家。元代诗人耶律楚材《馈药诗》：“仔细嚼时元不碍，浑沦吞下也无妨。”“浑沦”即“浑”，“整个”之意，又作“囫囵”，成语有“囫囵吞枣”。

浑圆则形质不分，浑然为一。《列子·天瑞》：“气形质具而未相离，故曰浑沦。浑沦者，言万物相浑沦而未相离也。”“万物相浑沦”即“万物相混合”。元人张可久《沉醉东风·气球》：“天气初包混沌，皮囊自喜囫囵。”“天气”以“皮囊”为喻，“混沌”与“囫囵”对文，可以窥出其间的语义联系。王充《论衡》：“说《易》者曰：元气未分，混沌为一。”浑然一片曰混沌，引申之浑然之物亦称混沌。于是天地未分之宇宙称混沌，食物圆而形质混杂称馄饨。今时混合菜面等羹类食物叫“糊糊”或“糊涂”，皆取其浑然之意。

浑然则必然无窍，引申而为不开通、不聪慧。俗谓头脑发昏为“胡涂”。《水浒》林冲谦称妻室为“浑家”，即文言所谓“拙荆”，意为糊涂人、笨拙妇。《左传·文公十八年》有云：“昔帝鸿氏有不才子，掩义隐贼，好行凶德，丑类恶物，顽嚚不友，……天下之民谓之浑敦。”杜预注：“浑敦谓獾兜。浑敦，不开通之貌。”可见，浑敦即混沌，就是糊涂、愚昧、冥顽。

由《老子》所述自然联想到《庄子》，其《应帝王》篇云：“南海之帝为倏，北海之帝为忽，中央之帝为混沌。倏与忽时相遇于混沌之地，混沌待之甚善。倏与忽谋报混沌之德，曰：‘人皆有七窍以视听食息，此独无有，尝试凿之。’日凿一窍，七日而混沌死。”庄子显然认为，无窍则为混沌，有窍则混沌不复存在。故天地未开辟之时称为“混沌之世”。“倏、忽”以神速为名，“混沌”以混合为貌，其义正相反。可见，老庄皆以“混沌”为纯朴自然之原始状态。

以上演绎表明，就原本意义上来讲，语言文字是一切文化（包括文学、科学在内)的载体。没有这个人类最高级、最复杂、最系统的符号构成的载体,一切学科都不会存在。这个最普通的道理,可惜有不少人尤其是一些青年人没有认识到。前引老子所谓"道可道,名可名","名"即名称,也就是语言。"无名"即混沌世界,混沌思维;"有名"即理性世界,理性思维。由混沌到理性,其中介就是语言,后来还有文字。深刻理解并高度掌握语言文字,显然是进行高级思维和从事科学研究的最有效的途径。

语言符号与汉语特性

一、语言符号的特点

众所周知，一般符号的特点是，它与所代表的东西没有必然的联系，其联系都是人们赋予的。而语言符号则有明显的不同，它具有八个特点：一是线条性，即声音相继出现，不是同时间出现；二是任意性，即最初是任意确定的；三是稳定性，即约定俗成之后不能随意变更；四是可变性，即与历史发展和地域差异相应起变化；五是生成性，即以有限模式生成无限的词乃至语句；六是复杂性，即现有符号系统中人类语言系统的符号最为复杂；七是传授性，即人虽然具有潜在的语言能力，但必须通过后来的学习才能掌握；八是系统性，即语言是成体系的，其内部又有层次性。

语言符号除了以上所述八个特点之外，还有一种特性值得注意，那就是模糊性。我国语言学家推动模糊语言研究的当首推伍铁平教授，他先后于《外国语》发表《模糊语言初探》（1979 年第 4 期）和《模糊语言再探》（1980 年第 5 期）两篇文章。其后，上海师范大学许威汉教授于香港《语文杂志》1983 年总第 10 期发表《从语言模糊性展望模糊语言学》一文，认为可运用于语言的综合评判、模糊语言的分析识别等，更好地发挥语言的交际功能。

综合以上所说即:语言中没有“自足”的原始词,模糊性是自然语言的基本属性,用这些词给那些词下定义的精确度本来就不容易保证,现代语言学微观层次的义素分析的精确性也难以满足实际要求。对古诗文的鉴赏,人们常有“只能意会,不能言传”的感觉,这事实上是对模糊信息综合评判的认识活动。尤其是人对客观事物的认识并非一次完成,而是不断深化的。在这不断深化的过程中,往往出现认识的过渡状态,形成一些没有明确外延的模糊概念。模糊概念自然只能用模糊词语来表达,譬如语言中相应出现了“大概、约莫、好像、可能、左右、一些、差不多”等没有确定外延的模糊词儿,这就更有赖于模糊语言学理论的借鉴了。

语言中不少词语所表达的概念是所谓“模糊概念”,即没有精确边缘的概念。如“早晨”和“上午”,“下午”和“傍晚”,“傍晚”和“夜晚”,其间都没有截然分明的时间界限;“少年”和“青年”,“青年”和“中年”,“中年”和“老年”,其间也同样如此。又如“深”和“浅”、“高”和“低”、“宽”和“窄”、“快”和“慢”等词语也只是相对而言,并无恒定的标准。“模糊词语的界限受地理、时代、政治、经济、文化等因素的制约”。(《语言学百科词典》,上海辞书出版社)即如“春天”一词,中国人认为农历正月、二月、三月是春天;英国的《简明牛津英语词典》的解释是3月21日至6月23日;而苏联科学院出版的《俄语词典》,只说春天是“冬天和夏天之间的季节”,回避指明其时间界限,是采用循环说明的办法。这是因为各地气温有差别,春日来得迟早不一样,时限之模糊,取决于气温的差别。尤其是苏联幅员非常辽阔,各地春天来临迟早不同,便不得已采用灵活笼统的说法。

就语义学而言,通常认为汉语单音词具有多义性、灵活性和能产性三个特点。多义性指单音词义项多,灵活性指其使用上灵活多样。而多义性与灵活性正是单音词模糊性增大的表现,而能产性倒是遏制了它的模糊性,因为发展为复音词,词义比较单纯,灵活性较小,词性也比较稳定,有利于表达精确。其规律当为:结构单位小，模糊性大；结构单位大，则模糊性小。二者成反比。

二、汉语的特性

说到语言符号，我们自然不能不关注汉语这个极具民族特征的语言符号的表现了，因为它是我们中华民族共同使用的语言符号。这可以分别从内容和形式两方面来说明其特性。

(一)内容上的特性

1. 主体性

汉语组词造句不是按照西方“主语—谓语”封闭式的语法框架来填充，而是以“话题—说明”的线性排列构成开放的语法框架，充分表现了主体意识①。比如《礼记·大同》篇：

大道之行也，天下为公。选贤与能，讲信修睦。故人不独亲其亲，不独子其子，使老有所终，壮有所用，幼有所长，鳏寡孤独废疾者皆有所养，男有分，女有归。货恶其弃于地也，不必藏于己；力恶其不出于身也，不必为己。是故谋闭而不兴，盗窃乱贼而不作，故外户而不闭，是谓大同。

全文以“大道之行也，天下为公”总领话题，接着从不同侧面加以说明，文气贯通，首尾呼应，句式可长可短，成分可有可无，极富张力。这种“话题—说明”的线性排列结构，是西方“主语—谓语”式的语法框架难以包容的。

2. 流动性

汉语组词造句的顺序是按照事理逻辑的心理时空流程，因而略于语法形式，重于形象变化，以句读为标志，以意义完整为目的。比如：

《春秋·僖公十六年》：“十有六年，春，王正月，戊申朔，陨石于宋五。是月，六鹢退飞过宋都。”《公羊传》：“曷为先言陨而后言石？

① 参见徐通锵《“字”和汉语的句法结构》，《世界汉语教学》1994年第2期。

陨石，记闻。闻其填然，视之则石，察之则五；……曷为先言六而后言益？六鹢退飞，记见也。视之则六，察之则鹢。徐而察之，则退飞。"

《公羊传》具体解说了《春秋》所记语序的事理逻辑根据，显示了内在的心理时空变化。汉语记事的流程顺序，往往就是事物本身联系和发展的逻辑再现。

3. 隐含性

古代汉语书写不分词，句子间无标点，句中词与词的意念联系和成分与成分的语法关系是隐含的，没有外在的形态标志，在很大程度上是以特定语境下的默想弥补了语言信息的不足。正如德国语言学家洪堡特(1767—1835)在《论语法形式的性质和汉语的特点》中所说的，"在汉语的句子里，每个词排在那儿，要你斟酌，要你从各种不同的关系去考虑，然后才能往下读。由于思想的联系是由这些关系产生的，因此这一纯粹的默想就代替了一部分语法"①。即使是使用汉语的中国人，对于许多文句也需要仔细分析，否则难以理解其中的组合关系，断句标点之所以困难，以至于几种读法都可通，原因就在这里。

(二)形式上的特性

1. 扩展性

汉语的词、词组和句子的界限不清，可以层层扩展，自由组合，在结构形式上没有什么严格的区别。词能够由单纯到合成，合成词可以变成词组，词组也可以变为句子，可以说是一脉相承。比如"将"和"军"，本是两个单音词，可以凝固为合成词，指率领军队的高级武官，如《史记·陈涉世家》："陈涉自立为将军，吴广为都尉。"也可以构成动宾结构，充当句子成分，如《史记·李将军列传》："程不识故与李广俱以边太守将军屯。"因此，判定一个语言单位是词、词组或是句法成分，是语义解释中经常遇到的问题。

---

① 转引自姜跃滨等著《汉语与文化的建构》，陕西人民出版社1989年版。

2. 简易性

汉语造句力求简易，只要文气相贯，文意相通，能省则省，惜墨如金，因此，词性可以转化，功能可以改变，成分可以省略，句法可以机动，伸缩自如，开合随意，富有灵活的弹性，即使是复杂的描述，也要拆成短句，依次道来，句断而气不断。所以汉语的句子凝练而明快，言简而意丰，这是其他语言不可比拟的。比如《左传·隐公元年》：

请京，使居之，谓之京城大叔。

如上所述，谁“请京”？谁“使居之”？谁“谓之京城大叔”？尽在不言之中，虽未明示，自可意会，文意仍然贯通。再如司马迁《报任安书》：

然陵一呼劳军，士无不起，躬自流涕，沫血饮泣，更张空拳，冒白刃，北向争死敌者。

上引例句中，“士无不……者”这个结构，容量巨大，极有弹性，文句短促，内容丰富，文气直贯，铿锵有力。

3. 均衡性

汉语行文讲究音韵和谐，节奏明快，句式均衡，句读对称，单复、长短交错，动静、虚实变易，富有音乐美。韵文自不必说，散文也是如此。比如《老子·二章》：

天下皆知美之为美，斯恶矣；皆知善之为善，斯不善已。故有无相生，难易相成，长短相形，高下相倾，音声相和，前后相随。是以圣人处无为之事，行不言之教，万物作焉而不辞，生而不有，为而不恃，功成而弗居。夫唯不居，是以不去。

你看，长句与短句相参差，韵文与散文相间隔，句法整齐中有变化，气韵贯通中有起伏，极尽回环曲折、优美和谐之能事。

显而易见，深入了解汉语的这些特性，对研究汉语的规律和语境具有重要的意义。

关于汉语学的思考

二十年前,一批年轻的语言学者对近半个世纪的传统汉语学进行了全面的检讨与评判:汉字的性质及其与汉语、与汉族文化思维的独特联系被重新认识,词汇学中的原来结构分析模式被新的分析方法所取代,语法学中词法和句法的基本范畴已受到怀疑,作为传统经典阐释之学的“小学”愈来愈受到重视。其中以形成派势的“文化语言学”尤其突出。他们认为,现代汉语学所存在的种种问题,其症结在于把汉语仅仅看作一个单纯的符号系统,忽视了汉语深厚的文化历史积淀与独特的文化心理特征,走的是西方形式化与精确化的道路,亦即科学主义的道路,因而丢弃了中国古代语文学传统所固有的浓郁的人文主义精神。他们提出,文化语言学期望在现代汉语学的各个领域重新发现并探讨汉语的文化特征和文化内涵,研究与汉语的文化性征相一致的汉语规律。

上述良好的愿望是否得以基本实现了呢?近十几年以来语言学界的现状显示,“文化语言学”的势头已经大为减弱了。可能是当时的那批年轻人随着年龄的增长,其认识也成熟了很多的缘故吧。究其思想认识而言,以下几个方面值得思考。

一、语言的共性与个性

众所周知，语言有几种属性：一是物理、声学属性；二是生理、心理属性；三是社会、文化属性；四是符号体系属性。在这几种属性当中，符号属性与社会属性这两个方面是其本质属性。

作为社会现象的语言，既有人类共同的一面，又有各民族不同的一面。应当明确，语言的共性是其基础，不然即失去其作为语言的本质特征；但是又不能不重视语言的个性即民族特性，不能不重视语言类型学的问题，因为语言的发生与发展必然要受到使用这种语言的民族发展的制约。

语言的共性与个性，除了表现于民族的差异之外，还表现于语言与言语的区别。现代语言学理论奠基人索绪尔在其《普通语言学教程》里明确地区分了这两个概念：语言是一个复杂的符号系统，是从一定社会的人们所运用的话语中概括出来的综合体系；而言语却是具体的人运用语言这种工具，在特定场合向特定对象进行思想交际的行为。显而易见，所谓语言分析，只是分析言语中的共性即语言要素（音素、音节、词性、句法结构、句型等）；而言语分析，却是对共性与个性之统一体的综合分析。前者属于静态分析，而后者属于动态分析。

二、语言与思维（逻辑）

思维是人类的高级心理活动，而语言是思维的直接现实，是思维的物质化。语言既然是思维的物质形态，就不能不受作为符号系统的制约。因而语言虽然与思维有着密切的关系，但毕竟是两种性质不同的现象，不能混淆不分。脱离语言的符号性能而孤立地、过分地强调所谓语义分析和深层结构，那就会混淆语言学与逻辑学的界限，对语言学的研究不仅没有帮助，其实质也就取消了语言科学。

语言交际活动的目的是交流信息，这种交流活动必须有社会性的共同工具,或者说必须遵循同一种语言规则。此外,言语交流有特定的环境与对象,交流时要充分利用环境和对象所提供的非语言信息。交际双方的思维能力、语言能力、背景知识也是交流活动成效的基础,交流双方是依靠上述能力的相互作用使完整的交际活动得以形成。

大脑背景知识包括:语言知识,与言语所指有关的社会文化知识,反映客观事物及其联系的知识。这一系列知识对言语的结构和意义起着相当的制约作用,言语的结构和意义在此背景上才能显示清楚。例如邹阳《狱中上梁王书》:"故樊於期逃秦之燕,藉荆轲首以奉丹书。"如果不知道荆轲刺秦王的历史事实,"荆轲首"就可能理解为偏正结构;而如果有此背景知识,即知"藉荆轲首"是双宾语结构。又如《史记·陈涉世家》:"今亡亦死,举大计亦死,等死,死国可乎?"有关背景知识提醒读者,"死国"之间在事理上只能是行为与目的的关系,即"为国事而死"。

思维是大脑的一种机能,包括对客观事物进行分析、综合、比较、抽象、概括等活动,其外在形式有概念、判断、推理、论证等。思维为言语理解提供基础,人的语言能力要靠思维的活动才能在语言运用中付诸实践。言语系统的结构、意义、语境、背景知识这些要素,都要与思维能力、语言能力结合起来,纳入思维过程中才能对言语的结构发生制约作用,而语言能力正是思维能力的主要表现形式。

三、意义与结构

语言的意义是语言单位传递的信息。语言意义是静态的,言语意义是动态的,它们都包括词义、词组义、句义、语段中的逻辑事理、篇章中的逻辑事理。其意义制约着言语的结构。

词义有静态义与动态义。静态义包括词的本义和转义(引申、比喻而派生或转化);动态义是词在语境中被言语的结构关系和意义关系所赋予或确定的那一个意义。这就需要词义在结构及语境中单一化，即由静态义转化为动态义，否则就会成为歧义，妨碍人际交流。

词组义由词义组合而成，这要依靠一定的语法手段。汉语中最常用的语法手段有语调、词序和虚词。词组义也靠事理关系来显示其结构。语言中常有些同形异构体，这大多属于词组的静态义，而词组的动态义只能有一个。排除歧义是言语研究的任务。

句义的线索和结构的形式是对立的统一，二者有时吻合，有时并不完全一致。意义线索既有显性的也有隐性的。所谓隐性的意义线索是指：以词义和背景知识为基础形成的逻辑事理联系，以大脑背景知识为参照系数与表层结构形成的逻辑事理联系、人际对话时的前提。句型即句子模式，属于语言的范畴，是语法研究的对象。句型在表意方面有一种习惯性的倾向，某种句型表示某种范畴中的意义。这种比较抽象的意义属于句子的静态义。如果要使它明确，就要设法揭示其隐性的意义线索，把它转化为动态义，

结构与意义的矛盾，表现在显性语法关系与隐性意义线索上的不一致，其突出的例子是文言里的交错相承和互文见义。前者如《水经注》："素湍绿潭，洄清倒影。"从显性语法关系看，前两个词组为主语，后两个词组为谓语；但词组意义与背景知识告诉我们，其隐性意义当交错理解："素湍洄清，绿潭倒影。"后者如范仲淹《岳阳楼记》："不以物喜，不以己悲。"相关知识告诉我们，对古人习用的互文见义手法，理解时须凭靠隐性意义线索，将前后两部分有关成分相互补充，才能完整地理解作者所要表达的深层语义。由此可见，结构与意义之所以能够统一，其客观条件是包括背景知识在内的共同的语言使用习惯。言语的结构与意义之统一更是历史的具体的统一，这是古代典籍难读的根本原因。

四、语义与语境

言语的意义总是与语境联系在一起的。广义的语境，包括句内语境、上下文语境、对话情景语境、社会文化语境。

句内语境和上下文语境与“结构”“意义”两大要素结合起来，就形成了如上所说的句内和上下文中的结构线索和意义线索。

对话情景语境，是指对话的时间、地点、双方所从事的活动及其关系、与交际有关的事物等所提供的信息。面部表情、身姿、手势等体态语所提供的信息，也可以补充言语的表层结构，帮助双方形成默契。

社会文化语境，主要指交流时的社会政治、文化背景等更广阔的语境，包括社会制度、风俗习惯等。这种广义的语境对言语的结构和意义也起着制约作用。

五、语言与社会

语言是人类社会的产物，各民族的语言史是与该民族的社会史、经济史、政治史等等密切联系着的。汉语史的任务既然是研究汉语发展的特殊内部规律，首先就要有宏观考察的观点与方法，即把整部汉语史放在中国社会历史环境、邻近民族语言的交流过程中去考察。譬如汉语历史上就曾有过四次巨大的交流与影响：春秋战国时期，汉族与周围诸戎的语言由原本的“言语不达”，到史书所记载的当时夷、蛮、戎、狄可与汉人直接通话；西汉时期，汉朝统治者与西域通商之后，随着大月氏、大宛、大夏、康居、乌孙等中亚国家物品的输入，汉语外来词的比例不断增加；东汉至唐末时期，随着佛教的传入以及大量佛经文献译成汉语，梵文的语言成分使汉语词汇和语法体系的局部受到重大冲击，其结果是汉语的抽象概括力增强，形成了唐代汉语句法的独特面貌；明清至“五四”前后，由于西学东渐，大量印欧语系各种语言的词汇语法成分大批被汉语吸收，导致整个汉语体系的部分质变，形成面貌一新的现代汉语有序结构。

六、语言与文化

关于文化，虽然至今没有一个学术界公认的确切定义，但文化分物质与精神两个方面却是不争的事实。精神文化不过是人类精神活动的成果，而语言和文字都是文化的载体。车子与车上所载的货物属于不同的范畴，作为特殊物质的语言载体有其独自发展的轨道和规律，虽然在其发展过程中不会不受到文化的影响，不会没有文化历史的积淀。文化语言学这一派打出人文主义的旗帜，反对形式化、精致化的科学主义。他们认为，所谓科学主义是把科学作为一种世界观，以为只有自然科学才是知识，表现在语言学上则是用自然科学那种把事物的某一现象或某些性质抽象出来，一般化以后加以某种形式化的描述与说明的方法来研究语言。不能否认，形式化走到极致的所谓科学主义，对汉语学研究确实产生了某些消极的影响，如汉语语法学在某些研究上游离于汉人的语感之外，但这不是主流，不能一概否定。

七、科学与人文

在当今电脑普及的时代，汉语学要走向现代化是一个既定的现实。因此，汉语学就是要讲科学，不仅需要理论的假设与洞察、逻辑的思考与推理，也需要讲语言事实的观察，讲语言材料的积累与描写，讲语言规则的形式化。尤其是现代汉语与汉字，科学需要其某种程度的抽象化与形式化，因而研究时就要抛却、至少暂时抛却所谓人文内涵，尽管汉语的某些组合有时以其人文内涵为基本依托（如成语、典故）。其根本原因在于语言既是自然物质（生理的、物理的），又是社会物质（人类的、民族的），说到底，它是一种介乎自然现象与社会现象之间的特殊现象，因而片面地强调所谓科学主义或人文主义都是与语言的特质格格不入的。

八、综合语与分析（孤立）语

综合语与分析语是两种不同类型的语言。研究时既要充分注意作为语言的共性，又要强调其个性，不能顾此失彼。就综合语来说，单个词在句中的地位是明确的，不需要依靠语序来识别；而某些分析语，只有先确定单个词在句中的位置，才能明确其句中的意义，语序便起着主要作用。汉语在这一点上尤为突出。不仅如此，汉语没有印欧语那样的形态，词类基本上就是义类，词组类就是语义关系类，而句子成分则是表意功能类，因而汉语语法以意合为基础。但是，语言毕竟是一个交际符号系统，自然需要有一个稳定的、既符合共性又包含个性的格局。否则，不仅在使用该语言集团内部无法进行交际，而且在不同民族语言之间也不能对译。

九、句法与语义、语用

现代语法研究中已经提出“三个平面”的理论。实践证明，这是比较符合汉语语法实际的，是对所谓“文化语言学”之否定的否定。就一般而言，语言的生命，或者说语言的本质，不仅在于广义的形态，也在于语言的语义结构（即深层结构）。汉语是分析语，狭义形态不丰富，语言单位的类别仅有相对的意义，不存在绝对的类，尤其是古代汉语，基本上是按逻辑事理的铺排为基本组织的手段，因而句法结构的阐释只能结合语言表达来进行。在汉语这种缺乏形态的语言中，表达意图从根本上规定了一个句子的格局和句界。

汉语的基本特点之一是，除了依靠词序、虚词、语调等语法手段以外，语义也起着重要的作用。语义不仅制约结构关系和结构层次，而且制约成分的搭配、结构的转换以及单复句的界限。这是由于汉语的语法关系并不固定在词形上，因而也就使得词在语法上有较强的适应性，在意义上有较大的伸缩性（譬如词性转换、兼类词多），使得造句时无须考虑那么多形态上的关系是否一致。总之，语义可以超越词的线性排列的限制。

十、原则与方法

分析句子要遵循一定的原则，要运用有效的方法。其原则有二：综合性原则和系统性原则。而方法应当是与这些原则相适应的方法。

言语在语境中要受到多种因素的综合制约，使得言语的结构和意义之间出现各种复杂的关系，形成多种类型的结构模式。这就必然要求方法也是综合性的。当前普遍而有效的析句方法主要的有中心词分析法（句子成分分析法）、直接成分分析法（层次分析法）、句型转换分析法。此外还有紧缩、扩展、类比、替换等方法，都有其科学性，因而都能解决一部分问题。

随着实践的深入，面对汉语丰富而复杂的言语，研究者越来越倾向于几种析句方法的综合运用，使解释能力大为提高。然而还是经常遇到一些难以逾越的障碍，其主要原因是这些方法大多是立足于言语的表层结构，不能充分揭示语境中各种要素所发生的制约作用。当然，转换分析法区分表层和深层是一大突破，但分析句子时依然要将语境中各种要素按其本来的联系综合起来去分析言语。

上述三种主要的析句方法，各有其优越性和局限性。这方面，学者多有论析，本文不再赘述。

传统语文学的有益经验

传统语文学是指我国所固有的、未受外国语言学直接影响的学术。它不以时代为限，也不以对象为范围，而是以观念、工具与方法为长。其优良传统，为以汉学为主的清代乾嘉学派所全面继承，这就是把汉字的形、音、义打成一片，加以综合性的思考和研究。所谓"三者互相求，举一可得其二"，"形有古形今形，音有古音今音，义有古义今义，举一可得其五"，是传统语文学的主要观念与基本方法。

一、古今变化的观点

古代学者考察古今语音的变化，主要是从古今双声叠韵、诗歌韵语、谐声系统的变化中揣摩出来的。古代语言里原为双声或叠韵的字音，到后来不是双声叠韵了。古诗中的韵脚字，是代表语言的叠韵系统的，相互押韵的字必定具有相同或相近的韵母。例如"人、天、田"等字相押，可以推测与"人"同韵的"陈"与"田"相谐，"申"与"电"同字。这是古音"真""先"两韵同部的例证。又如"木瓜""琼琚"相押，"野、马、武"相押，其韵母自然相同。这是古音"麻"韵之一部分归"鱼模"韵的例证。又如"与子同袍，……修我戈矛，与子同仇”相押，可见“包、九”以及“道、首”韵母也相同。这是古音“萧”“幽”两韵同部的例证。

形声字当中，很多声符反映古音的声韵系统。如以“者”为声符的“都、赌、堵、睹”等，以“寺”（从“之”得声）为声符的“等、待、特”，可以断定“之、寺、者”古音相近。这是古音舌头、舌上二音不分的例证。又如“若”声有“诺”，“而”声有“耐”，“乃”声有“仍”，“仁”声有“佞”，可以推断“若、而、仍、仁”与“诺、耐、乃”声相近。这是古音“日”纽归“泥”的例证。又如“它”声有“沱、托、驼”，“麻”声有“摩、磨、魔”，“瓜”声有“孤、觚、呱”，“且”声有“租、组、粗”，可知“麻、瓜”与“摩、孤”等字音相近。这也是古音“麻”韵之一部分归“鱼模”的例证。又如“真”声有“颠”，“民”声有“眠”，“因”声有“烟”，“申”声有“电”等，可知“真、民、因、申”与“颠、眠、烟、电”声相近。这也是古音“真”“先”两韵同部的例证。

词汇的变化主要表现在词义方面。这里不必叙述一般情况，仅说两个特殊的方面。一是古今熟语、成语的差异，如“二三子”（诸位）、“不腆”（不厚、菲薄）、“无禄”（不幸）、“罔极”（无极）、“二三其德”（三心二意）等。二是虚词的重复使用，如“犹尚容之”、“尚犹有臭”、“庸何伤”（见《左传》），“则是历民而以自养也”（《孟子》），“斯是用痛心疾首”，“于是荆轲遂就车而去”，“而后乃今将图南”（《庄子》）等。

在行文上，古人也有独特之处。这里仅说“偏举”，即文中理应兼举两方面而只举一方。例如“沽酒市脯不食”（《论语·乡党》），当云“沽酒不饮，市脯不食”。“秦王不怡良久，已而论功，赏群臣及当坐者各有差。”（《史记·荆轲列传》）当云“赏群臣及罚当坐罪者各有差”。“广军功自如，无赏。”（《李广列传》）应云“广军功过自如”（“如”即“当”）。“人有悲欢离合，月有阴晴圆缺。”（苏轼《水调歌头》）应云“日有阴晴，月有圆缺”。

二、形音义互求的考证方法

在这方面，以戴震为领军的乾嘉学者论述最详。例如：“故训音声，相为表里。”(《六书音韵表序》)“俾疑于义者，以声求之；疑于声者，以义证之。”(《转语二十章序》)“凡故训之失传者，于此亦可因声而知义矣。”(《答秦尚书蕙田》)“学者之考字，因形以得其音，因音以得其义。治经莫重于得义，得义莫切于得音。”(段玉裁《广雅疏证序》)“训诂之旨本于声音”。(王念孙《广雅疏证自序》)“训诂之要在声音不在文字，声之相同相近者，义每不甚相远。”(王引之《春秋名字解诂序》)这些论述都表明，语音对于语言的研究，具有第一性的意义。从语言本质来说，意义是语言之本，没有意义，声音不成其为语言；但是从认识过程来说，必须通过声音形式，才能得知其意义内容。研究语言从语音形式(物质外壳)入手，既避免从意义出发的主观唯心的失误，又可避免文字形式的限制。

例如《荀子》“枯耕伤稼”，单从文字考虑，“枯耕”就讲不通。“枯”，衍声为“枯漫”，音通“胡漫”，倒言则为“马虎”。胡乱耕作，必然伤害庄稼。

又如《战国策·齐策》：“能谤讥于市朝，闻寡人于耳者，受下赏。”若把“谤讥”解释为“诽谤讥嘲”，显然违背句子的本意。谤，与“旁、磅、滂”声符相同，均有“大”义，因而衍声为“磅礴”。讥，通“几”，《说文》段注：“讥之言微也，以微言相摩切也。”联系句子里的“市”与“朝”，“谤”是公开议论，“讥”则是窃窃私语。

再如《左传·庄公十年》：“虽不能察，必以情。”一般注《左传》之“情”为“实情”。既然“不能察”，又何能“以实情”处理？刘文典云：“情、诚古通用。”“必以诚心”对待，文意就合理了。

《庄子·山木》有言：“子其意者饰智以惊愚，修身以明污。”《辞源》解释“修身”为“修养身心”，即引上例作证。其实这并不符合《庄子》原意，原句“修身”与“明污”相对，“修身”当为“洁身”。按：修，从“攸”得声，而“攸”上古读作“涤”，“涤”从“条(絛)”得声，而“絛”亦“从木攸声”。故“修身”之初义即“涤身”，“洁身”而“明污”，文意顺畅。

三、贯通经训的理念

王引之于《经义述闻》卷三十二云:“不以语词为实义,则依文作解,较然易明。”这是他为训释古代虚词而提出的经验,其实可以作为凭靠具体语境研究语言的一般理念。阮元曾指出,“贯通经训,兼及词气”(《经传释词·序》);俞樾于《古书疑义举例》中提出“上下文异字同义”“上下文同字异义”“倒句”“倒序”“错综成文”“参互见义”等,其奥妙即在于始终遵循这个原则,因而能够顾及古人的行文习惯,解决了不少疑难问题。

譬如《北山移文》:“使我高霞孤映,明月独举,青松落阴,白云谁侣?”就句法而言,“映、举、侣”三字都是动词,“孤、独、谁”皆为状语(“谁侣”即“与谁为侣”),由此可以断言,“阴”字也必作动词,而“落”字则是形容“阴”的状语。“阴”为“成阴”,“落”当训为“孤”。不言“孤、独”而言“落”,只是为了变文避复。《庄子·逍遥游》“瓠落无所容”,司马彪注:“瓠落,零落也。”“零落”有凋谢萧条、特立无群之义。名句“落霞与孤鹜齐飞”,“落”与“孤”对文成义,而原文之“落”正与“孤、独”互文见义。

又如王之涣《凉州词》:“羌笛何须怨杨柳,春风不度玉门关。”《唐诗一百首》(中华书局)将后一句解说为:“玉门关是春风吹不到的地方,那里连杨柳也没有啊。”其误解有二:一是等于说“玉门关外没有春天”,二是由此武断地得出“那里连杨柳也没有”的结论。这与事实当然不合。其原因在于解诗者误解了句中的“不”字。“不”一般解作“弗”或“否”,但在上引诗中却应训作“未”。《孟子》“直不百步耳,是亦走也”,其“不”字即作“未”解。据此,王诗末句实际是说:春风尚未吹到玉门关外,也就是“塞外春迟”之意。那么前一句诗应理解为:“哀怨的笛声不要错怪杨柳(至今没有抽芽发绿)”。

东汉训诂家韦昭在为《国语》作注时,即相当注意古代文献言语里所存在的各种结构变化,然后予以合理的解释。这里指出两点。其一是指明原文中的隐性成分。例如：

《晋语》："二三子皆在外而不及，子使于秦，可哉！"韦注："不及，罪不及。"

《周语上》："国人莫敢言，道路以目。"韦注："以目相眄而已。"

《鲁语下》："康子在其朝，与之言，弗应，从之，及寝门，弗应而入。"韦注："入康子之家也。"

以上三例，韦昭分别补出隐去的主语"罪"、谓语"相眄"与宾语"康子之家"。其二是指明原文里的语序变更。例如：

《晋语》："夫晋国之乱，吾谁使先？"韦注："当先立谁。"

《晋语》："季子曰：谁之不知，可以求之。"韦注："言汝不知谁，可以求其次，不欲其高远。"

以上二注都是指出原文里的宾语"谁"置于动词之前的现象。再如：

《石钟山记》："大石侧立千尺。"一般文选都把"侧"解释为"旁"。仔细揣摩，如此解释，并不能造成下文所说的"森然欲搏人"的感觉。其实此处的"侧"通"仄"，倾斜的意思。大石倾斜，才有"欲与人相搏"的情势。又譬如：

《木兰辞》："两兔傍地走，安能辨我是雄雌？"

辛弃疾《行香子》："小窗坐地，侧听檐声。"

《董西厢》："闲行又闷，坐地又昏沉睡不稳。"

以上《木兰辞》里的"傍地"，若是解释为"擦地而走"或"贴地而跑"，都是望文生义。其余二例的"坐地"更不可理解为"坐在地上"。三处的"地"已用作助词，"傍地走"即依傍着跑；"坐地"即"坐着"。

以上三项体现出这样几个原则：(1)从汉字实际出发，(2)分析与综合相结合，(3)观点与材料相结合。

再说教学语法与专家语法

一

我在《关于词类转化问题》(2001)一文中，曾有过一段涉及语法问题的论述：“对语法材料的处理，有教学语法与专家语法之别，前者注重实用(重在求通)，后者讲究科学(重在求真)。”(参见《文法学及其散论》，九州出版社)那么，二者的区分，从理论上如何加以论述呢？

近读南京大学卞觉非教授提交学术会议的论文《理论语法与教学语法的分野》，我深受启发。他明确地指出：“理论语法与教学语法既有区别又有联系：前者具有前瞻性、创造性和探索性的传统，属理论型的；后者则具有规定性、稳定性和功效性的特质，属应用型的。”(2004 年)

所谓理论语法即专家语法，所谓教学语法即实用语法。中国语法学者在这方面比较缺少自觉的意识，因而在讨论中就会形成各说各的，难以达成共识，致使教育界难以择定。华东师大潘文国教授曾经指出：国外的语法研究，自 20 世纪末英国的斯维特以来，非常强调理论语法(或专家语法)与教学语法的区别。直到今日仍是如此。而在我国语法学界，从《马氏文通》开始即有将二者混淆的趋势。比如20世纪30年代的文法革新论争，50年代的词类问题讨论、主宾问题讨论，甚至80年代析句方法问题讨论等，似乎都没有充分注意到上述二者的区别，从50年代之“暂拟体系”急忙过渡到80年代之“试用提要”，更是在一定程度上扰乱了在教学第一线的教师的思想①。这当中，似乎只有黎锦熙、史存直、廖序东三位先生注意到了二者的区分。

二

理论语法也称科学语法，隶属于理论语言学。在我国古代，墨子、荀子、公孙龙等曾经讨论过名实问题，颇具有哲学意味。但后来由于时风崇尚实际，注重伦理教化，讲求经世致用，因而此种争论风气未形成传统，中国也就没有形成系统的理论语言学。而西方学者提倡思辨哲学，追求理论目标，辩论之风绵延不断，蔚成风气。譬如古希腊人，最早出于揭示思想之神秘，探讨人们用“词”给“物”命名时最先是按“性质”命名，还是按“规定”命名。苏格拉底、柏拉图这样的著名思想家都参加了辩论。“性质”论者用类比法，强调语言中的类似性；“规定”论者则用反证法，证明语言中的特殊性。这些理论和方法对后世影响巨大，许多论争大都由此而生发出来。譬如前者生发出“理论普遍语法”、乔姆斯基学说以及当代强调“共性原则”等。尤其是索绪尔，他清醒地认识到：“语言学唯一的真正的对象是语言和为语言而研究语言。”（《普通语言学教程》，1916）这种革命式的宣言以及《普通语言学教程》的问世，把理论语言学推向了一个新的历史阶段，标志着结构主义语言学的奠定。

这一学派从欧洲的布拉格、哥本哈根传到了美国，即为美国描写语言学派。布龙菲尔德之《语言论》（1933）即其学派之集大成之作，至哈里斯的《结构语言学方法》（1951）是美国描写语言学达到

① 参见吕必松所编《语言教育问题研究论文集》，华语教学出版社，1999年版。

成熟阶段的标志。其学生乔姆斯基认识到,此种理论与方法虽然能够比较有效地描写一种语言,但并不能在更高层次上解释这一语言,如歧义现象等,于是逐步建立起转换生成语法理论。其《句法结构》(1957)开创了解释语言学的新纪元,试图揭示语言的共性,并用数学模型使之形式化。此后的生成语义学、格语法、系统功能语法、关系语法、切夫语法、词汇功能语法等等,其间理论虽有不同,重点也各有侧重,但解释性的方向却是共同的。这些理论主要不是为了语法教学,至少不是为了基础语法教学。乔姆斯基即申言,他的理论不适用于教学,并说作为教学语法,传统语法是很好的。(吕必松,1999)

由以上所述可知,理论语言学,包括理论语法,具有前瞻性、创造性和探索性的特质。就是说,其研究课题要具有超前意识,其研究领域并不限于语法本身,而是着力研究对语言的解释性,以及与语言相关的哲学、逻辑、心理认知,历史、文化、社会、文艺等问题。这些研究成果,有的可以用于语言教学,有的则不行,其本身价值在短期内看不出来。

三

教学语法隶属于教学语言学,其传统来自古希腊,至今也经历了某些变化,但其语法体系基本上还是维持传统语法的框架。正如潘文国所说的那样:"美国是本世纪来语言理论变革最风起云涌的国家,但它在教学语法的使用上却是惊人的滞后,影响遍布全世界的托福考试,其使用的语法体系还是最'传统'的传统语法。"英国的学校语法(即传统语法)从 18 世纪中叶开始确立到现在已有 200 多年,在教学上至今还看不出有什么要更改的趋势,其"滞后性"可谓强矣。英语各语法大家的体系就是取代不了传统语法。"从上世纪末以来,语言学界对传统语法的攻击可说是不遗余力,但传统语法就是攻而不倒,这充分说明语言研究和语言教学可以保持距离的理论意义和实践意义。"(吕必松,1999)

可见教学语法不能根据层出不穷的各种新理论，时刻修改自己的教学体系，这样就会搞乱教学秩序，师生都会无所适从。从这个意义上说，教学语法要跟理论语法保持距离，自甘滞后，这是由教学语法自身性质所决定的。总之，由于教学对象的要求，教学语法的体系和具体内容都必须具有规定性、稳定性和功效性的特质。所谓规定性，是指在理论语法研究的基础上，选择一种较为通行的、公认的说法作为教学定论，这是教学法规，不容变动。所谓稳定性，就是让体系和内容保持相对稳定，不能随意变动，使师生有所遵循。所谓功效性，是指教学内容对学生平时有用，也可以应付各种考试。可以鼓励教师从理论语法中吸取新知识，提高自身的研究能力，但在教学中不能各行其是与任意改变，而只能定于一尊。

中国虽有两千多年的语文教学的历史，对某些语法现象也作过零散的、有些是精辟的论述，但终究未形成系统的语法教学的传统。《马氏文通》的问世，使汉语语法成为一门独立的学科，对我国语法学的发展起到了推动作用。马氏著《文通》的目的是使“童蒙入塾能循是而学文”，因而当属教学语法。但是正如孙中山所论：“马氏自称积十余年勤求探讨之功而后成此书，然审其为用，不过证明中国古人之文章，无不暗合文法，而文法之学为中国学者速成图进步不可少者而已，虽足为通文者之参考印证，而不能为学者之津也。”刘复也说：“他可以引导已经通得文义的人去看古书，但他却不能教会一个不通文义的写一张字条。”以《文通》为语法教材的极其罕见。国内大学也有把《文通》作为选修课的，但那是语法研究，而不是作为教学语法的教材来使用的。由此可见，从教学语法的角度，《马氏文通》并未实现其普及语法的目的，马氏的努力未获成功。当然，这并不影响《文通》的历史价值和理论价值。

在中国真正推行教学语法的是黎锦熙（1890—1978）。其《新著国语文法》开创了我国用白话文撰写汉语语法的新纪元。1959年，他又与刘世儒合著《汉语语法教材》，试图代替《国语文法》。可见他为完善语法教材的执着精神。新中国成立后所颁布的《暂拟汉语教学语法系统》(1956)、《中学教学语法系统提要》(1984)以及《汉语水平等级标准与语法等级大纲》(1996)等,都在不同程度上受到《国语文法》的影响。黎氏的教学语法,作为一种科学的语法知识,在我国得到了空前的普及,为提高国人的语文素质做出了巨大的贡献。

《新著国语文法》问世以后的80年里,在历次汉语语法大讨论中,提出了许多问题,而黎氏似乎一直处于守势,曾经虚心地一改再改,但他无意触及根本。正如吕叔湘所说的那样:"词类和句子成分是两个不同的范畴,本来没有矛盾,所以会有矛盾是因为咱们'作茧自缚',在它们中间设定全面的,不可动摇的对当关系。一当设定这种关系,就不得不用通假说来调和,可是无论怎样努力调和,怎样苦心应付,还是免不了左支右绌,不能自圆其说。"(《汉语语法论文集》,1984)吕氏的评论体现了理论语法的新理念;而黎氏出于教学语法的考虑,维护中心词分析法的基本原则。前者着眼于理论追求,后者则面对教学应用。二者互为区别的理论性和应用性,正是专家语法与教学语法的分水岭。

歧异多变的汉字形体

书写的字，是用来记录语言里的词的。那么，字与词就应当是一对一的关系。从理论上来说是如此，从西方表音文字来说也基本上如此。然而汉字是表意体系的文字，不仅笔画交错，结构复杂，而且其形体也是变化多端，歧异纷呈，字体与词语之间并非一对一的关系，在古代典籍里尤其表现出纷纭复杂的局面。

东汉学者许慎在其撰写的《说文解字》里，就归纳了所谓“六书”，即构造汉字形体的“象形、指事、会意、形声、转注、假借”六种方法。前三种与本文主旨的关系不大，无须去说。形声字是半音半义，其表音部分并非纯粹表音，且有区别字义的作用，例如“同、桐、铜、酮、筒”等不能随意通用，又如“议、译”和“逃、迢”也不能相互更换。转注字后面会提到，且放一边。作为汉字最早的甲骨文字，用来记录汉语就不能不依靠“假借”，没有假借就几乎没有由汉字记录成的书面语言。作为“六书”之一的“假借”，实在是古人尊重汉字特征的智慧。

稍有语言学知识的都知道，词是语言的建筑材料，其内容是词义，其形式是音读。而字是记录语言的符号，它除了从“词”那里接受已经结合起来的读音和意义之外，还有其自身的形式即形体。

就汉字而言，既有受语言制约的一面，也有不受语言制约而独立发展变化的另一面。这后者就造成了歧异纷纭的汉字形体。譬如词义引申而派生出新词后，可以推动字的孳乳演变（冬—终，赴—讣，臭—嗅，等等），这是汉字受语言制约的一面；但是，也有不因词语的演变与分化而产生的借字（柴新—新旧，难鸟—困难，蜥蜴—难易，荷花—负荷，等等）。归纳起来，汉字形体的歧异复杂有如下几种类型：

一是异体字，指的是同词异字现象，如“踪、蹤”“照、炤”“啖、啗”等等。从使用者来说，自然是一种不必要的重复，而且还增加阅读理解上的负担，是应当加以规范的。但是，在利用字形探求词义时，多一个形体，便可以多一份考察音义的资料，使词义的推求更加准确。如《说文》：“育，养子使作善也。”据其解说，其本义似兼“生养”和“教育”二义。《说文》又有异文“毓”，即为母生子滴血状，比较接近早期汉字的原形，可据以判断“育”之本义为“生育”。

二是同形字，这与异体字相反，原是分别为两个不同的词所造的形体相同的字。究其源头有二。一为不谋而合：如“咳”，既为小儿笑貌（音嗨），又为咳嗽（音该）；“鍉”，既表“箭镝”，又表“汤匙”（音迟）；“嘿”，既表“沉默”，又为叹词（同“嗨”）；“姥”，既表女师（音母），又表外祖母（音老）。二是在发展过程中字形起了变化。如“去”——藏去，来去；“胄”——甲胄，胄裔；“刑”——刑罚，刑杀；“敺”——殴击，驱逐。此外，某些简化字也与原有字形相同，如“广”与读“眼”之“广”（《广韵》上声韵部字），“听”与读“银”之“听”（笑而露齿貌）。

同形字之概念能否成立呢？从词汇与文字的关系来说，词汇里有同音词（音同而义不同），文字里也应当有同形字（形同而义不同）。从文字本身来说，文字里已肯定异体字的地位，那么相对应的也应该有同形字的地位。再从系统论来看，字的形音义构成一个系统，而对整个文字系统而言，字的形体又是个子系统。因此，字义不同，即使字音、字形相同，就应当承认“字”不同，这种字即谓之“同形字”。至于字音和字义不同，只是字形相同，如生长之“长”与长短之“长”，那更是同形字了。

三是古今字，有人称作区别字，是指古籍中原写作同一汉字，后来写作几个不同的汉字。如“冉—髯”，“哥—歌”，“亨—享”，“句—勾”，“然—燃”，“益—溢”，“辟—僻、劈、譬、闢”。这些后来加了或改了偏旁的区别字即许慎所说的“转注”，与其相对的叫本原字。如“冉”本义是须冉，后借为“冉冉”，便另加偏旁以“髯”表须髯；“益”本义表“漫益”，后引申为“增益”，便另加偏旁以“溢”表漫溢。这是因同一汉字兼职过多而在形体上加以区别。形成古今字的有五种情况：其一，本原字加偏旁，所加偏旁多数与词义有关（僻、避、璧），也有与词义无关（县—悬，知—智，景—影）；其二，本原字改偏旁，如“適—嫡”（改形符），“疏—疎”（改声符）；其三，本原字改笔画，如“享—亨”“句—勾”；其四，另造区别字，如“伏—孵”“鼎—碇（系船之物）”“树—竖”；其五，借用另一字为区别字，如“何—荷”“伯—霸（月魄）”“被—披”。

四是累增字，是指汉字基本用法没有分化，加偏旁后与原来的汉字音义相同的那些字，许慎所谓“转注”也包括这一类。如“复—復”，“州—洲”，“甫—浦—溥—薄”（均有“大”义）等。对这种古今异体字有所掌握，可以帮助理解相应语词的意义。

五是假借字，是指造形阶段“本无其字”的假借。如油脂之油借自水名之“油”，难易之“难”借自鸟名之“难”，负荷之“荷”借自花名之“荷”。许慎所说假借，按其原本含义，应当包括音同假借和引申假借两种。他在《后叙》中所举“令、长”二字当属引申假借；而《说文》中列举的“来、乌、韦、西”等字当属音同假借：“来，来麦也，而以为行来之来。”“乌，孝鸟也，而以为乌呼字。”“韦，相背也，而以为皮韦。”“西，鸟在巢上也，而以为东西之西。”

六是通假字，即用字阶段“本有其字，临时替代”的假借字。此类假借又包括两种：其一，职务转移的借字，是指本有其字而本字未通行，借同音字来用，原字的职务转移到借字上，如“颂—容”

“涑—速(不速之客)”;其二,临时代用的借字,是指本有其字且本字通行,但有时不写本字,临时用同音字替代。后一种在古籍里比比皆是。通假字产生的原因有:汉字本身的表意性质,书写工具的落后,先秦典籍的“滥于秦火”而靠口耳相传,以及古人行文中的避讳、避复、讹误、师承有别等。

正因为汉字在形体上如此错综复杂,同词异字和异词同字的现象随处可见,这就给古籍阅读造成相当大的障碍。传统训诂的一个主要缺陷,就是未能针对以上复杂现象进行辨析,因而在一定程度上影响其科学性,即在训释时往往以字代词。如“端”,早已分化为两个词:一是“正直”义,由此派生出“端正、端庄”等双音词;一是“顶端”义,由此派生出“尖端、末端”等双音词。“顶端”之“端”,《说文》作“耑”,但人们习惯上仍然写作“端”,这才使两词共一字。这说明,从理论上分清字和词,在实际中注意字和词的差异以及二者之间不对等的关系,对正确地解说训诂现象具有十分重要的作用。

古籍中的通假字,是阅读古书的一大障碍。一般通假字,历代注释大多已经标明。不过也不是文献里所有的通假字都已解决,尤其是那些生僻的通假字往往使某些例句扞格难通。前人有三种辨析方法:一是利用汉儒注经的体例,如“读为、读曰”专明通假,“读如、读若”为拟音兼明通假,“当为、当作”为正字兼明通假。二是归纳清儒的训诂方法,如比照异文,依注推断,据理推定等。三是充分利用前人的故训和同类、同书、异文、互通的例证。当然,这些都要以音同为必要条件。

有学者指出,通过因声求义来寻求本字,是比较有效的途径:其一,凡同音同韵之字皆能通用。如“乘、升、登”同在蒸部,“光、广、横”同在唐部,“陈、田”同在真部,均通用。其二,声母相同之字可通用,即所谓双声通假。如“中”与“得”(端纽),“务”与“侮”(明纽),“冲”与“童”(定纽)等。其三,形声字声符相同之字于上古大多可通用。如“载、戴、裁”同属之部,“仪、俄”同属歌部,“填、镇、滇、嗔”同属先部。通假条件如此之宽，正如郑玄所云：“其始书之也，仓促无其字，或以音类比方为之，趣于近之而已。受之者非一邦之人，人用其乡，同言异字，同字异言，于兹遂生矣。”（《经典释文·序》录引）

以上表明，字与词又相适应，又不相适应，它们是彼此独立的系统。因此，字本义和词本义也并非一致。象形、会意、形声三书的意符都是比较具体的，但它所代表的词却不一定是一个具体的意义，而可能一开始就是一个比较抽象的意义，具体的意符只是其依托而已。如“大”字是以大人表“大”；“高”是以台榭表“高”；“牧”即放牧牲畜，并不限于放牛；“逐”即追赶，不能说是追猪；“零、落”既表草木之落，亦表雨水之落。又如“阳”作为字，是表示“山之南”，而所记录词的本义当为阳光；“节”作为字，是表“竹约”，而所记录之词的本义当为动物之骨节。因为繁体之“陽（从阜）、節（从竹）”乃是词义引申后的孳乳字。

至于那些“本无其字”的词，其本义之确定更不能凭靠字形。其途径有二：一是通过近义词整理出词的引申系列，从中找出其本义。如“权”是由秤砣义分别引申出“称量”和“权力”，前者又引申出“权变”，故其本义当为“秤砣”。二是通过同源词的系联来确定本义，如《说文》：“贯，钱贝之贯。”又：“毌，穿物持之也。”《礼记》注：“关，穿也。”《说文》：“丱，织绢以系贯杼也。”《国语》注：“擐，穿也。”以上被释字皆为同源词，由其核心义素推知，“贯”之本义当是“穿”，《说文》所云“钱贝之贯”是其引申义。而“毌”实际是甲骨文“干戈”之“干”，假借为“贯”。

此外，有些汉字，由于字义和用法的不同，往往在读音上也发生变异。因为字音与字义是统一的，所以若能准确地了解其变异后的读音，对正确地理解其意义也会有所帮助。

(1)多音字的异读：如“遗”，表遗留读[疑]，表赠送读[味]。“施”，表实行读[式]，表延伸读[亦]。“艾”，表草木或完结读[爱]（《左传》：“忧未艾也。”），表惩戒或收获读[义]（《孟子》：“一年不艾而百姓饥。”)。

(2)通假字的异读:通假字与本字原来同音,后来由于音变而不同。如“五伯”读“霸”,“星队木鸣”之“队”读“坠”,“冻馁”之“馁”本音“痿”。《荀子·议兵》“小齐则治邻政”之“治”读“殆(危殆)”。

(3)活用字的异读:“王”“女”用作动词,“饮”用作使动,均读去声,“食”用作使食读[饲],等等。

(4)专名用字的异读:人名如“皋陶”读[皋姚],“郦食其”读[异基]。古国名、族名如“龟兹”读[丘慈],“身毒”读[怨毒]。古地名、水名如“番阳”之“番”读[颇],“恶池”应读[滹沱]。古器名“无射”读[无意],“莫邪”读[莫耶]。官名“仆射”读[普夜],“谷蠡”(匈奴藩王封号)读[卢里]。典故成语“心广体胖”之“胖(安详)”读[盘],“生无长物”之“长(多余)”读[胀]。专名用字的特殊读音,虽然与理解关系不大,但为了正确地对待历史文献,规范读音,还是有必要加以区别。因此,遇到这种情况,最好查查工具书,以免误读。文字很难曲从其情地反映口语,因而在实用中就少不了破读以济文字之用。

对传统"反训"说的再度思考

传统训诂学有所谓"反训"一说,在语言学界一直存在争议。究其原因,主要有三点:一是古人所说的"反训",不仅概念含糊,而且解说也有失误,后人便各有说法;二是把"反训"之"训"与词义完全等同,因而把它归入词汇学范围,认定反义共词现象不可能存在;三是对"反训"的性质认识不一,或视为语言学理论问题,认为跟语言的交际功能相违背,会妨碍人际交流,因而予以否定。

一

古人有关"反训"的解说最早见于《尔雅》郭璞的注解:《尔雅·释诂》"肆、古,故也。"郭注:"肆既为故,又为今,今亦为故,故亦为今,此义相反而兼通者。"

郭注只是用"义相反而兼通者"来表述"古"与"今"同训这种现象,而"古"与"今"都含有相反的义项,所以这种表述就成为所谓"反训"的原始依据。其实郭注本身即存在问题,清代学者郝懿行所撰《尔雅义疏》已经指出。其中后一条,根据《诗》毛传与郑笺,应当读作"肆,故今也。"例如:

《大雅·思齐》:"肆戎疾不殄,烈假不瑕。"毛传:"肆,故今也。"

《大雅·大明》:“肆伐大商,会朝清明。”郑笺:“肆,故今也。”

以上二例,毛亨、郑玄皆训释文意,“故今”即“因此现今”。这是因为“肆”有“遂”义,相当于后来的“于是”,表示时间上的紧接。而时间上的紧接一般含有逻辑上的因果关系,所以毛、郑与《尔雅》均用“故”来表达这种因果关系。郝氏之说即否定了“肆、故”皆训作“今”的解释。后来的训诂家未解其中真正的含义,便把郭注演绎、发展为“反训”。由此可见,把“相反为训”说成训释方法是不妥当的。

至于所谓“反义共词”这种现象不可能普遍存在,这是肯定的。譬如褒贬义共中性词,修辞里的倒反格,反问句的句面义与实际义相反,就不能看作正反义共存一词。因为褒贬义只是中性词的具体化,不能看作两个义项;倒反格是言语使用上的反常,其表达效果是规律以外的内容;而反问句是句意与语气的关系问题。这样一来,确实属于词汇意义上的反义共词,在实际言语里毕竟微乎其微,而并非词义发展的普遍规律。

二

要从根本上解决上述问题,我们认为,首先必须严格界定“反训”这一概念,弄清其性质与范围,否则即失去讨论的基础。所谓“反训”,是指古代文献某些特定语境里的词,即言语作品里自然状态下的词,做出与一般理解相反的解释。“训诂”与“词义”密切相关,但毕竟不是一码事儿,就是说,“训”与“义”不完全等同。因此,“反训”是言语作品的实际问题,而不是语言学的理论问题,与一般语言的交际功能之性质也不同。“反训”也不是词汇学问题,它指的不是一个词同时具有两个相反意义的现实;而是训诂学范围的问题,是传统训诂学对言语作品里的词进行解说的一种手段和一种方式。语言词汇的复杂性和言语使用的灵活性,决定了语词训释的多样性。反训作为一种解决疑难问题的方式与现象,有不少古籍和训诂文献为证,可见也是一种客观存在。对古代文献里的某些词语进行反训，这跟当时和现时的语言交际并没有直接的关系，不必把二者混淆起来。例如：

《论语》："晋文公谲而不正，齐桓公正而不谲。"

《史记·项羽本纪》："项王身亦被十余创。……马童面之，指王翳曰：'此项王也。'"王伯祥《史记选》注："马童为汉追逼项王，……及为项顾见相呼，只得面对着项王……。"王利器《史记选注》："面之：面向着他，瞧着他的意思。"

按：前一例，王引之于《经义述闻》云，"谲"有"诈""权"二义，"诈"是贬义，"权"是褒义。所谓"相反同根"，即反训也。后一例，"面"确有"面向"义，如《周官》"不学墙面"，疏云："人而不学，如面向墙。"然而，上引二书解释《史记》之"面"为"面对""面向"，却与上下文完全不合。《汉书·项籍传》"马童面之"，颜师古注："面谓背之，不面向也。'面缚'亦反背而缚之。"颜注训"面"为"背"，极合文意。《韵会》："相背曰面。"后世写作"偭"。可见"面"有"向""背"二义。

杜甫《石壕吏》："听妇前致词，三男邺城戍。"注：戍，防守。

张籍《没蕃故人》："前年戍月支，城下没全师。蕃汉断消息，死生长别离。"注：月支，西域国名，此指吐蕃。

按：上引二例的"戍"解释为"防守"，皆不合历史事实。杜诗作于唐肃宗乾元二年（759 年）春。据《资治通鉴》记载，乾元二年二月，"郭子仪第九节度使围邺城，…城久不下，上下解体，（史）思明乃自魏州引兵趣邺"。可见，邺城当时是在叛军手里，围攻邺城的是唐军。老妇不可能说"三男"是为叛军"守城"，此"戍"当解释为"攻取"才是。张诗所谓"城下没全师"，只有攻城惨败时才有可能，"戍月支"之"戍"显然也应解释为"攻打"。这就是说，以上两首诗里的"戍"字只有反训为"攻"，才能准确地诠释诗意。"戍"字是个会意字，从"人"从"戈"，义兼"防守"与"攻取"也是符合字义的。

三

反训的产生可能有两个原因：一是由于古人对于事物发展过

程的辩证认识，即所谓相反相成是也；二是由于一个词从不同角度转化引申，其结果恰好两种训释相反。鉴于以上所述“反训”的界定，以下四种情况不应当列入其范围以内：

其一，有的词实际上并非一词具有二训（义），看作反训是混淆字与词的界限而产生的错觉。如《尔雅》郭注：“肆，故也。”“肆，今也。”其实《尔雅》“肆、故，今也。”一条，三个字所记载的词皆连词（虚字），与其字形所表达的时间义不是同一个词。《尔雅》另一条“治、肆、古，故也”，是所谓“二义不嫌同条”（王引之语），即“治（始）、古”是“久故”义，而“肆”是“因故”义。

其二，有的是一“字”兼有相反两义（两反训），而不是一“词”兼相反两义。如“去之为藏”，陆德明注：“去，起吕反。”孔疏：“字书‘去’作‘弃’。”可见“去藏”之“去”音上声，其音义与“来去、除去”之“去”都有别，应当看作两个词，后来字形也不同。

其三，有的是一个词在不同时期褒贬义的变化，并不处于同一时间平面。如“乖”由“戾”而为“顺”，“爪牙”由“股肱（骨干）”而为“狗腿”，“喽啰”由“伶俐”而为“走卒”等，都是历时现象，而非共时现象。

其四，有的是一词具有两个相互对立的“下位义”，是在不同语境中分别显示出来的。如“以臭为香”一例，王筠《说文释例》云：“臭为腥臊膻香之总名，引申为恶臭。”这是说，先秦时的“臭”泛指气味，包括香气和臭气两个下位义，发展到后来，仅指恶臭。又如“端”，其上位义是“兆头”，其下位义有吉祥和凶兆二义，后来引申为仅指“吉兆”。再如“德”，原是中性词，既表美德也表恶德，后引申为指美德（所谓“君子有德”）等等。

但是，以下三种语言现象应当视为反训：

（1）有些词本来就具有两种“反向”的意义，如“乞、丐、贷、禀、受、沽、售、假、借”等。段玉裁云：“求人施人，古无贷貣之分”；“假、借，皆为求者予者之通名”。这些都是后来才“分其义，又分其音”的。在尚未区分二义时，这些词最初兼指“施、受”二义，可以说是一词同时具有相反二义，因而必然形成“反训”。

(2)有些词是词义引申而形成反义。在特殊情况下，词义引申的结果可以产生出与原有义位相反的义位来。如“置、废、舍”皆有“设置、放置”和“弃去”二义，因而也存在“反训”现象。

(3)有的词是修辞上的反用，因而必然要进行反训。如“冤家”“可憎”“讨厌”等，反用时带有很浓厚的修辞色彩。虽然反训只限于某种特定的语境，但要注释时也必然采取反训的方式。

总而言之，“反训”现象在古书注解里确实存在，不能全盘否定。不过其界域必须严格划定，不能过于宽泛，也不能滥用。必须明确，反义共词，词语反训，不是词义发展或词语训释的普遍规律和普遍现象。过滥使用，当然会对语言的交流与表达产生消极的作用。

“预叙”手法与甲骨文

大凡读多了小说的人都知道，小说尤其是长篇小说的叙事手法有顺叙、倒叙、插叙以及预叙等。所谓“预叙”，是指作者在故事尚未展开之前，就预先叙述、暗示或者交代以后将要出现的人物或将要发生的事件的结局。

读过曹雪芹《红楼梦》的大多还都记得，作者在写到贾宝玉梦游太虚幻境时，通过警幻仙姑之口，就预言贾宝玉是“天下第一淫人”，并通过宝玉所见的十二支曲子，预先暗示了金陵十二钗的结局和命运。这显然是曹雪芹试图帮助读者领会蕴含在长篇小说里对某些人物的叙述评价。

有些学者认为，这种“预叙”是受了佛教因果报应思想影响的结果，即所谓“生死祸福”“贫贱富贵”对人而言皆有“定数”是也。此种说法，就《红楼梦》这部小说来讲虽然有一定的道理；然而，如果放眼并留意中国传统的史传散文，无论是编年体的《左传》还是纪传体的《史记》，就会明白，中国上古时代的左丘明与司马迁就已经在运用“预叙”这种叙事方式了。在《左传》与《史记》问世的时代，佛教远未传到中国，其因果报应思想自然不会影响到左丘明和司马迁。那么，这究竟应当如何解释呢？只能说上述预叙手法，在中国渊源有自。

众所周知，中国五千年前的甲骨文所记载的，主要是通过占卜来预言吉凶的卜辞。有研究先秦叙事作品的学者指出，这种易于长久保存的第一手原始叙事资料，对后世的叙事作品产生了极为深远的影响。甲骨文里的卜辞，是依据占卜时对灼烧后爆裂的甲骨"兆"纹作出判断的契刻记录，其内容是预测某事是否将会发生及其结果之吉凶。毫无疑问，上古先民这种重视"先兆"的思维方式，对中国最早出现的一批叙事作品自然会产生强烈而深刻的影响。如果要追根求源，那么在中国，"预叙"这种叙事手法的根源即在于甲骨卜辞。列为"众经之首"的《周易》，其中的"卦爻辞"，与甲骨卜辞不仅形式类似，而且功用相同，其卜筮手段所含有的预测结果及"预叙"方法，对稍后的叙事作品更是直接产生了不小的作用。

作为五经之一的《尚书》，是中国现存最早的历史文献资料汇编。据学者考证，古文《尚书》有二十五篇均系伪作；而今文《尚书》却是真实的。其中很多篇都有关于占卜以预测人事吉凶的记载。如《周书·金滕》篇即叙述武王克商的第二年，武王病重，太公和召公打算"为王穆卜"，周公即设坛"植璧秉圭"，由自己顶替武王，"乃卜三龟"，"启籥见书，乃并是吉"。周公三次用宝龟占卜，开启锁钥，查验兆书，其结果都是吉象。又如《大诰》篇记叙武王死后，管叔与蔡叔联合纣王之子武庚进行叛乱，周公便以摄政王的名义召集大臣宣布，要用文王遗留下的大宝龟来卜问天命，最后宣告"朕卜并吉"。这是周公借助占卜来动员诸侯国君长及各大臣积极去平定管、蔡与武庚的叛乱。像这种以占卜来预测人事之吉凶的史实，显然与甲骨卜辞和《周易》卦爻有着自然而密切的联系，对后来的史传散文具有极大的影响。这里先从《左传》中略举数例予以阐述。开篇《鲁隐公元年》：

宋武公生仲子，仲子生而有文在其手，曰'为鲁夫人'，故仲子归于我。

以上所说的是，宋武公的女儿仲子一生下来，其手心就有文字，预言她长大后将会成为鲁国的夫人，后来果然嫁给了鲁国的国君。又如《鲁桓公二年》：

初，晋穆侯之夫人姜氏以条之役生大子，命之曰仇。其弟以千亩之战生，命之曰成师。师服曰：“异哉，君之命名也！……今君命大子曰仇，弟曰成师，始兆乱矣。兄其替乎！”“惠之二十四年，晋始乱。……”

此则记叙说，由于晋国国君为其长子取了个怪异的名字，他的臣子师服便预言晋国将会内乱，其兄将会衰微。几十年后，晋国果然发生了祸乱。再如《鲁僖公三十二年》：

冬，晋文公卒。庚辰，将殡于曲沃。出绛，柩有声如牛。卜偃使大夫拜，曰：“君命大事，将有西师过轶我。击之，必大捷焉。”

这里说的是，晋国一位掌管卜筮而名叫偃的官员，借助装有文公遗体的灵柩发出巨响之机，预言来自西边秦国的军队将要越过晋国去侵犯东邻郑国，如果趁机攻打必定取胜。结果秦师大败而归。这种借卜筮来预言的叙事方式，与甲骨卜辞、《周易》卜卦如出一辙。再举一个以梦境来预言的事例。《鲁成公二年》：

韩厥梦子舆谓己曰：“旦辟左右。”故中御而从齐侯。……射其左，越于车下；射其右，毙于车中。

上面所叙述的是著名战役——齐、晋鞌之战的故事。晋国大夫韩厥于作战前夕，梦见他父亲告诫他，次日早上驾驭战车时，要避开左右两边的位置。于是他代替御者站在车中央，果然敌方只射击左右两边，使韩厥避免了伤亡。像上述记载卜筮和梦境一一灵验的故事，在《左传》中几乎随处可见。当然，这样的预设是作者硬行牵合的结果。

《史记》是纪传体的史书，司马迁往往通过人物的言语来预先叙述。譬如《陈涉世家》一篇的开头，主人公陈涉与众人耕作时表示“若富贵，毋相忘”，并抒发了“燕雀安知鸿鹄之志哉”的远大抱负，为其后来率众起义并获得成功预先就埋下了伏笔。又如《淮阴侯列传》：

信钓于城下，诸母漂，有一母见信饥，饭信，竟漂数十日。信喜，谓漂母曰："吾必有以重报母。"……

汉五年正月，徙齐王信为楚王，都下邳。信至国，召所从食漂母，赐千金。……

以上是人们所熟悉的有关韩信的故事。他少小时家里贫穷，经常挨饿，有个漂洗絮棉的老妇，一连几十天都以饭食接济韩信，韩信便发誓将来一定会重重地报答那位老妇。后来，由于萧何的极力推荐，刘邦终于封他为大将，当韩信屡屡获得战功而又多次受挫，终被改任为楚王回到故里时，果真以重金报答当年曾救济过他的老妇。司马迁于此篇列传结尾，不无感慨地说道："吾如淮阴，淮阴人为余言：韩信虽为布衣时，其志与众异。"由此可见，此篇开头的"预叙"是作者事先谋篇布局的安排，显然与什么"因果报应"没有任何关系。

通过以上的种种剖析，显而易见，从甲骨卜辞、《周易》卦爻，到《尚书》里记载占卜的预测，再到《左传》与《史记》有关人事的预叙，其间是陈陈相因、一脉相承的。

辩证法思想推动着历史前进

闲来无事，再次信手翻阅内兄徐宗勉所著《失败者的探索》一书，读到其中一篇怀念黎澍的文字，勾起了我早年就埋在内心深处的情结，那就是对思想家的无限崇敬。这篇题为《黎澍的“考求历史真实”及其他》的随感指出：黎澍是一位著名史学家，更是一位“通人”即思想家。

由此想到了思想家与学问家的区别：前者是通才，即对社会往往作全面思考，整体把握，深度研究，其思想往往具有对历史的深远的影响；而后者是专才，是对社会的某个方面，诸如政治经济、文化教育、科学技术、语言文字、文学艺术等进行深入的研究和系统的论述，其成果是对某门学科的发展产生过重要的作用。社会需要很多方面的专门家，而尤其需要针对社会现实的重大问题作出正确解答与科学预测的思想家。中国历代不乏其人，古代的如老子和孔子以及顾炎武和戴东原等；近现代的如梁启超和孙中山、胡适之和陈独秀等。他们都是曾经“开一代风气”的“通人”。

上述怀念文章提及黎澍时，着重强调的是伟大的思想家马克思和恩格斯所抽象出的辩证法思想。说起辩证法，应该明确，它是自然进化、社会变革、历史发展所赋予人类之最大的智慧。在中国哲学史上占有极为光辉一页的，自然的辩证法开启于道家的《老子》，社会人生的辩证法揭示于儒家的《论语》。但是，被总结为一种颠扑不破的规律的，当归功于批判地继承黑格尔学说的马克思和恩格斯。

《老子》一书里，许多章节的表述都包含着朴素辩证法的思想。如《二章》谓："有无相生，难易相成，长短相形，高下相倾。""有"和"无"是互相生成的，"高"和"低"是相互依赖的。《五十八章》谓："祸兮福所倚，福兮祸所伏。"其最好的注解就是"塞翁失马，焉知非福"。尤其是言及人类的"善恶"问题时他所说的："天下皆知善之为善，斯恶已。"在老子心目中，善与恶是相对而言的，失去一方，另一方就不存在了。近三千年以前，这不能不说是大智慧。

《论语》一书记载了孔子丰富的人生阅历和关于教育的深刻思想，尤其是对古文献的整理，使他表达了对社会历史的某些独到见解。如《泰伯篇》："子曰：巍巍乎，舜禹之有天下而不与也。"又《卫灵公篇》："子曰：志士仁人，无求生以害仁，有杀生以成仁。"前者道出了孔夫子理想中的君王，是拥有天下而不占为己有；后者表明他对生命与仁爱之间关系的特定认识。从中可以领悟出某种辩证的哲理。

我们再回到上述随感一文，作者徐宗勉着重引用了黎澍的两个观点：其一是"历史是许多不同的或者相反的意向互相冲突的结果。人们得到的往往不是他们希望的。有人大失所望，哭笑不得，因为得到的和愿望完全相反。有人因利乘便，所得远远超过了所希望的"。其二是"恶是历史发展的动力。这话虽为马克思和恩格斯所肯定，说来还是未免令人心惊。他们列举的恶，在《德意志意识形态》里面有暴力、战争、掠夺、抢劫等，在《资本论》里面有征服、奴役、劫掠、杀戮等等，全是历史的阶级对抗基础上发展的阶段特别是资本主义原始积累阶段上赤裸裸地干出来的"。正是这种"恶"即"追逐财富的贪欲驱使资产阶级走遍世界各地，也把本来闭关自守、与世隔绝的民族和地区联系起来了"，从而在客观上起了推动历史进步的作用，这是资本主义冒险家们始料不及的，却是事实。

正是基于以上观点，黎澍深情地称颂："辩证法应是历史最足以使人聪明的内容。"这里所谓"聪明"，如随感作者所解释，指的是不为任何偏见、成见所束缚，也不为最表层的现象所迷惑，而能够客观地看待事物，剖析矛盾，发现事物之间深层的联系。唯其如此，辩证法才恢复了自然、社会、历史的本来面目。

运用以上观点去考察中国的旧民主主义革命和新民主主义革命这两个历史时期，我们就会清醒地认识到，正是满清王朝的"恶"触发了前者，也正是蒋家王朝的"独裁"催生了后者，因而推动了中国社会的进步，虽然是缓慢的、未能尽如人意的。同样，也正是十年"文革"之世所罕见、登峰造极的"动乱"，促使中国的经济体制来了个比较彻底的"改革开放"，终于使中国社会逐步走向了正轨。人们已然有了信心，辩证法思想将一如既往地推动着中国历史车轮前进。

曾记得美国著名作家马克·吐温说过："经典是人人称赞却不愿去读的书。"其实也有相反的情况。笔者前几年曾经在《新安晚报》上发表过一篇《经典远未过时》的杂感，其中说道：经典有时是为某些人鄙薄、诽谤而又不得不去阅读的书，如西方金融海啸期间，西方几个大国的一些政治首脑们，为求得解决当时危困的方案，不得不去认真翻阅马克思和恩格斯的不朽著作，试图从中汲取某种智慧。这不恰恰也是"物极必反"的辩证规律所无情发挥的巨大作用么?!

《孙子兵法》的集大成研究

——评许威汉教授《孙子学读本》

一

上海交通大学出版社于2016年8月出版了一部《孙子学读本》。这是其策划的"当代大学读本·国学基础系列"之一。其主要编著者许威汉先生与我是亦师亦友的关系，交往经年，切磋良多。应当指出，大著是关于《孙子兵法》这部经典的最全面、也是最集中的研究成果，说是集大成者恰如其分。今就其规模、构架、内含三个方面予以评析。

就规模而言，全书分为三编，甲编为《孙子》十三篇之篇章解读，乙编为《十一家注孙子》的标点整理本，丙编为《孙子兵法》之深层次研究。《孙子兵法》全书不过6000余字，而《孙子学读本》共达36.5万字，竟超过原典的60倍。研究规模之巨，毋庸置疑。

就构架而言，甲编即包括对原文加以注释及白话译文，并附有表解、军事哲学思想评要等内容；乙编则汇集了宋代以前对《孙子》最重要的注解；而丙编更广泛地从哲学、管理学、语言学等方面对原典加以评析。这种构架可谓高屋建瓴，设计完整，材料齐全。

就内含而言，仅从书前之《提示》和《〈孙子兵法〉刍议》二文，即可看出著者学识之积累与研究之深入。前者包括四个方面：其一，孙子学其来有自；其二，孙子其人其书其事述评及其他；其三，《孙子》经实践检验初获真理性证明；其四，《孙子》研究要重视语言因素。后者也包括四个方面：其一，《孙子》的若干有关情况（又内含：年代与作者、流传与著录、版本和校勘、基础性研究、高层次概括）；其二，《孙子》与先秦兵学的联系；其三，《孙膑兵法》与《孙子兵法》的关系；其四，《孙子》的现代科学价值（又内含：建立唯物论战争观，强调主观能动性；用辩证法宇宙观考察应用战争规律）。显然，该书内涵丰满，应有尽有。

总而言之，自来有关《孙子兵法》研究的著作，内容之全面无出其右者。

二

《孙子学读本》对原典来说，不仅是一部内容全面之编著，而且也是一部颇有创新意义的著作。我们可以从全书设计、内容所及、旧注纠误三个方面予以阐明。

在全书设计上，其创新主要表现于甲编和丙编。甲编是对《孙子兵法》十三篇的解读，而每一篇都包括"原文、注释、译文、军事哲学思想评要、读法导引举要、篇章表解"六个部分。其中后三个部分都是编著者别出心裁的设计，对读者深入研读自然大有裨益。

丙编即所谓《孙子学接要》，共含七个部分，其中最能展示其创新特点的有三个：其一是"《孙子兵法》全书表解"，这是此前从来也没有人做过的；其二是"《孙子兵法》的管理学价值例说"，这是古人无从顾及，也是前贤极少关注的；其三是"《孙子兵法》全书补议"，仅就其中"开掘语言因素"一项而言，即涉及"词汇、语法、章句"三个方面，这也是研究《孙子兵法》的现代军事学者与管理学者未能涉足的领域。

在内容所及上，这里不妨列举三个方面。其一，关于历史上究竟有无孙武其人的问题，否定者多以《左传》无孙武记述为据。许先生却从反面论证："纵览《左传》记人记事，多以'礼'为是非准则。

……合乎礼者，虽小亦录，不合乎礼者，丘山亦弃。孙武言兵以‘诈’，直言‘兵者，诡道也’，‘兵以诈立，以利动’，强调出奇制胜，……这对于已有的‘成列而鼓’等军事观念是新的挑战，故未必为《左氏》所赞同而实录。”其力度未必不大，更何况又以去古未远的《史记》还专为孙武立传作为佐证呢？

其二，在申述《孙子》的军事思想上，编著者列出了《十三篇示意总表》（参见 10 页）。为省篇幅，前三篇全引：“计篇——未战先算，多算者胜；作战篇——兵贵速胜，因粮于敌；谋攻篇——知己知彼，设谋胜敌”这属于“战略思想精髓”。后十篇仅列举四篇：“形篇——立不败地，寻可乘隙；虚实篇——避实击虚，因敌制胜；九地篇——战区不同，战法有异；用间篇——重视间谍，善于驭间”这些属于“战术妙用为主”。如此高度概括，极能帮助读者掌握要领。

其三，关于孙子的“诡诈战术”，编著者总结出“十四法：示形（显示假象），利诱，使乱（使敌阵混乱），使怒（激怒敌人），使骄（使敌人骄傲），使劳（使敌人疲劳），使离（离间敌人），突然袭击，出奇制胜，避实击虚，攻其必救，避锐击惰，半济而击，推入绝境（断绝退路，激发拼死战斗）”（参见 188 页）。这样的总结自然突出了孙武军事思想的精华。

在旧注纠误上，书前附有一篇《〈孙子译注〉商榷》，针对该书中“将听吾计”之“将”、“先传”之“传”、“再籍”之“籍”、“引胜”之“引”、“信己之私”之“私”等一一予以辨析，并作出了新的解释。像这样合情合理的释义，在十三篇各篇的“注释”中都有所体现。例如：

第一篇之注（7）不畏危——简本为“民弗诡也”。诡：古训“违”，训“反”，违反，违抗。古代即使在封建社会初期民众也不会“不畏危”，而只能是“不敢违抗”。因此简本较为合理。“危”上“畏”字当为后来所加。（18 页）

第三篇之注（19）是谓乱军引胜——引胜：失去胜利的机会。一说“把胜利引给敌人”，似不可取。引：去。（28 页）

第五篇之注（2）治众如治寡，分数是也——分数：这里指部队

的组织编制。“分”与“份”通。数:指几个,不止一个的意思。(36页)

第八篇之注(7)九变之地利者——“地利”的“地”字,在军事上很难说得通,以无“地”字为好。另有二处可为佐证:一是本篇下句“将不通于九变之利者”也无“地”字;二是宋本《武经七书》《太平御览》等无“地”字。(51页)

以上四例足以说明编著者注释之别出新意了。

三

以上论述足以说明,《孙子学读本》具有内容既全面又创新的成就。但智者千虑,亦有疏忽,因而在字句标点、注释方面也存在一些不足之处。为使该书更上层楼,这里提出几处商榷意见,供编著者考量。

1. 兵者,……死生之地,存亡之道,不可不察也。注(2)地:道理,泛指空间。道:方法、道路(或途径)。(17页)

按:释“地”为“道理”,似乎是疏忽之误;当解释为“境地”。释“道”为“方法、道路”,似与原文不合,宜解释为“原则、关键”。说“用兵是攸关死生的境地,决定存亡的关键”,比较符合孙子的原意。

2. 故经之以五事,校之以计,而索其情。注(3)经:纵线,引申为度量,这里指分析研究,也含纲领的意思。注(4)校:通“较”,比较。计:计算。(17页)

按:“纵线”“纲领”是名词,而“度量”(分析研究)是动词,二者不可并提。“经”是经纬之经,解释为“纲领”较为妥帖。“计”有“计算”义,但稍嫌过于具体,似宜解释为“估量、谋划”。

3. 主孰有道?将孰有能?注(14)将孰有能——这里仍解为将领。他书有作虚词解,与上下文意不合,不可取(下文“将听吾计”和“将不听吾计”的“将”属虚词,相当于“如果”)。(18页)

按:上句的“主”是“君主”,下句的“将”自然是“将领”。但把下文“将听”和“将不听”的两个“将”说成“虚词”,即与本书前面“《孙子译注》商榷”一文所云“‘将听吾计’的‘将’不是‘假如’”明显矛盾。(13页)该文论证甚详,至为可信。估计该书注释在前,而〈商榷〉一文发表在后,先生年事已高,不及通览所致。

4. 计利以听,乃为之势……注(15)计:计策,这里指关于战争决策的意见。以:已,亦作“使”解。(18页)

按:“以”是连词,一般用来连接两个动词或动词性短语。其后的“听”谓听从,是动词,其前的“计利”当为动词短语,因而释“利”为“计策”“意见”不妥,“计”是计虑、谋划,“计利”谓谋划周到。

5. 利而诱之,乱而取之,实而备之,强而避之,怒而挠之,卑而骄之,佚而劳之,亲而离之。注(20)“利而诱之……”句——其中八个“而”字都表示连接连词。……利、乱、怒、卑四个动词,均指自己的行动;强、实、佚、亲四个形容词,均指敌方情况。(18页)

按:说“利”等四个动词“均指自己的行动”,不仅违背原文之意,而且与后面的译文也不一致。原文里的八个“之”字,都是指代敌方。那么,这八句的意思当为:敌方贪利就诱惑它,敌方混乱就攻取它,敌方军力充实就防备它,敌方势力强大就避开它,敌方愤怒就挑逗它,敌方卑让就骄纵它,敌方安逸就劳顿它,敌方和睦就离间它。

6. 近于师者贵卖……注(23)师:市,这里指军市。(23页)

按:释“师”为“市”,于训诂无据。此句之“师”与前一句“国之贫于师者”之“师”指的都是军队。所谓“这里指军市”,也有点牵强。原文“近于师者”是个名词性结构,泛指靠近驻军之地,是全句的主语,“贵卖”是其谓语。

7. 小敌之坚,大敌之擒也。注(13)小敌:指小部队。坚:坚持,指不量力而硬拼。大敌:大部队。(28页)

按：把“小敌”解释为“小部队”，把“大敌”解释为“大部队”，与原文并不切合；再联系有关“坚：坚持，指不量力而硬拼”的解说来看，注者似乎把“小敌”说成自己这一方，就更违背原意了。所谓“小敌”是指小股敌人，即敌军的小部队；所谓“大敌”是指大股敌人，即敌军的大部队。全句是说：与小股敌人的持久硬拼，将会被大股敌人所擒获。

8. 夫将者，国之辅也，辅周，则国必强；辅隙，则国必弱。注(14)辅隙——辅：辅助，这里引申为助手，作名词。隙：缺陷。(28页)

按：“国之辅”的“辅”是名词；而“辅隙”之“辅”，与“辅周”之“辅”一样，并非“助手，作名词”之义；它依然是动词，“周”和“隙”都是作“辅”的补语。“辅隙”即辅助有缺陷，其后的“译文”就是如此。

9. 是谓乱军引胜。注(19)引：去，引致、导致。(28页)

按：把此句“引胜”的“引”解释为“去”，是符合原文意思的；但接着又解释为“引致、导致”，就不对了，因为“引致、导致”是引来、招来之义，与“去”义正好相反，当然与原文不合。

10. 故胜者有五：知可以战与不可以战者胜；识众寡之用者胜，上下同欲者胜；以虞待不虞者胜，将能而君不御者胜。注(20)这里的“知”，可引申为“主”，“主”可以转义为“有决定影响”。(28页)

按：这是个总分复句，第一句是总说，后面并列的五句为分说，不知为何要在其中两个分句之后标逗号？要么都标逗号，要么都标分号才是。再者，把第二句里的“知”字硬说成“可引申为……”云云，反而离题了。这里的“知”明显是个动词，就是“知道、懂得”的意思，不必求之过深。

11. 故曰：知彼知己，百战不殆；不知彼而知己，一胜一负；不知彼，不知己，每战必殆。注(23)一胜一负——意思是胜负各一半。(28页)

按：查《孙子兵法新注》(中华书局版)和《孙子今译》(郭化若，上海人民出版社版)，其注释与译文同以上引述意思一样。很明显，此句之各家译注都是根据原文上下两句推测出来的，因为上句说“百战不殆”，下句说“每战必殆”，所以把“一胜一负”就理解为“胜负各一半”了。然而这样解释是不合事理的。其一，数词“一”并不表示“一半”之意，在训诂上没有根据。其二，在“不知彼而知己”的情况下，所导致的结果是多种多样的，大军事家孙子不会作出“胜负各半”这样简单的结论。其三，“一”字前后配合使用往往虚化，不再用作数词。王引之《经传释词》云：“一，犹或也。”所举例有《礼记·乐记》：“一动一静者，天地之间也。”《论语·里仁》：“一则以喜，一则以惧。”以上“一”字皆与“或”同义。孙子所谓“一胜一负”，亦即“或胜或负”，其可能性是说不定的。

12. 故策之而知得失之计，作之而知动静之理，形之而知死生之地，角之而知有余不足之处。注(15)得失之计：这里指敌人作战计划的优劣长短。注(17)死生之地：指敌人所处地形的有利、不利的情况。(也可理解为敌我双方所处地形的优劣利害。)(42页)

按：从以上四句整个语意通盘考虑，“策、作、形、角”当为战争准备过程中的一系列行为措施，那么就不应当理解为有的是指“敌人……的优劣长短”，有的理解为“敌我双方的优劣利害”；况且一般说来，“敌人作战计划的优劣”于战前是很难为我方所“得知”的。因此，“策、作、形、角”四种行为，应该是指我方于战前对敌我双方有关作战谋略、兵员调动、所处地形、局部战斗的考量、侦察和优劣长短之比较。

13. 故形兵之极，至于无形；无形，则深间不能窥，智者不能谋。注(18)间：间谍。本指隙缝，这里作动词，就是潜入之意。(42页)

按：“间谍”是名词，而“潜入”是动词，不可同时用来解释这里的“间”字。此“间”字前有形容词“深”，自然是动词“潜入”之意。故“间谍”二字当删去。

14. 故不知诸侯之谋者，不能豫变［当作“交”］。注(12)豫交——与诸侯结交。豫：“予”的本字，通“与”，参与的意思。(46页、47页)

按：释“豫”为参与，则“豫交”为参与结交，语义繁复而累赘。其实，“豫”通“预”，当训为“预先”。“不能豫交”即不能预先结交。

15. 故兵……有北者。注(5)北：败北，不了解敌情，决心错误，用兵不当。(61页、62页)

按：解说为“决心错误”，义有歧解，哪有“决心犯错”之理？应当是“决策错误”，这样上下就文通字顺了。

16. ……以弱击强，兵无选锋，曰“北”。注(8)选锋：挑选勇敢善战的战士组成精锐部队。(61页、62页)

按：以上解释不仅是臆测，而且把“选锋”当作动宾短语，即与动词“无”不相协调。“选锋”当为偏正短语，意谓“可挑选之先锋或武士”。

17. 唯民是保，而利合于主。注(10)民(人)：民众和士兵。这里主要指的是地主阶级。(61页、62页)

按：“民”指民众(包括士兵)；“主”即君主。不知为何要加上“……地主阶级”这么一句，这种阶级分析是完全没有必要的。

18. 故三军之事，莫亲于间；赏莫厚于间，事莫密于间。(77页)

按：第二分句后面标分号，可能是个疏忽。因为其前两句与后两句并非并列关系，前者是总说，后者是分说，其间应当改作冒号。

19. 间事未发，而先闻者，间与所告者皆死。(77页)

按：前句“……者”含有假设意味，一共八个字，其间标上逗号分作两个分句完全没有必要，删去逗号以免琐碎。

20. ……令吾间必索知之。必索敌人之间来间我者……注(26)索:尽、全部。索知:全部知道。(77 页、78 页)

按:“吾间”即我方间谍。释“索”为“全部”,不仅牵强,而且亦不近情理。任何高明的间谍,也不大可能探知敌方的“全部”信息。此句的“索”与下句“必索敌人之间……”的“索”都是动词,宜训为“索求”。

一部独创性与综合性相糅合的巨著

——评姚振武《上古汉语语法史》

中国社科院语言所研究员姚振武，在2015年退休之际及时地奉献学界一部丰厚的专著——《上古汉语语法史》（上海古籍出版社）。今年仲夏，我便收到了他的这部沉甸甸的书。在此前夕，我已经打算在专业的范围内封笔而游走在闲散文章的小溪边；不料，在读了这部巨著的《后记》与《主要参考文献》，尤其是《绪论·第一节》之后，我不禁心动了起来，一种学术责任心迫使我以认真的态度反复阅读这部书，以便写出一篇书评来，就连上面的标题也是在刚刚读完《绪论》时就从脑际蹦了出来，那么自然而又自在。

所谓"独创性"，当然是指这部书的大部分学术见解和成果都是出自作者自己的研究与开掘；所谓"综合性"，那是指该书的一部分内容是吸收了众多专家学者已有的成果和见解。正如作者于《后记》所云："本书从来源上可分为三个部分。第一部分是我历年的研究成果。""第二部分为其他学者比较可靠的研究成果，在一定程度上被直接吸收进来。""第三部分最为费时费力，需要结合第一手资料，考察分析大量现有研究成果，去伪存真，去粗取精，往往一个章节就是一个独立的研究课题。"本文即从上述两个方面来予以评析，这样做，不仅能够揭示该巨著的学术特色，展示著者本人长期以来的深度思考和学术见解，而且还能够借此机会全面梳理在上古汉语语法研究领域内究竟有哪些中青年学者做出了比较重要的贡献。

一

先说综合性，因为在我们所说的古代汉语语法学领域里有几位前辈、大家是应当首先提及的，该书作者自然不会放过。从书后所列“主要参考文献”来看，就有马建忠、黎锦熙、王力、吕叔湘、丁声树、高名凯、周法高、赵元任、刘世儒、史存直、朱德熙、杨树达、杨伯骏、何乐士、孙良明、管燮初、裘锡圭、郭锡良、唐钰明等近二十位。由于他们的姓名大多是众所周知，其论著在学界又是有目共睹，因而一一列举出来反而成了累赘。

其次是与此相对，在学界几乎没有什么名气的一批中青年学者，哪怕他们对上古汉语语法学只有一得之见，该书作者也没有忽略他们。应当说，这一点更加显示该书作者不同凡响的学术眼光。在其《主要参考文献》里占有一席之地的这些学者（按所列顺序）有：潘玉坤《西周金文语序研究》，沈培《殷墟甲骨卜辞语序研究》，王贵元《战国竹简遣策的物量标记法与量词》，杨五铭《西周金文被动式简论》，赵平安《两周金文中的后置定语》，周清海《西周金文里的被动式和使动式》，白平《汉语史研究新论》，陈初生《早期处置式略论》，胡敕瑞《动结式的早期形式及其判定标准》，康瑞宗《古代汉语语法》，李明《汉语助动词历史演变研究》，李平《〈世说新语〉和〈百喻经〉中的动补结构》，李小军《语气词“已”“而已”的形成、发展及有关问题》，时兵《上古汉语双及物结构研究》，宋金兰《古汉语判断句词序的历史演变》，徐肖斧《古汉语中的“与”和“及”》，杨必胜《关于及物化现象》，杨永龙《先秦汉语语气词同现的结构层次》，余健萍《使成式的起源和发展》，张猛《训诂和汉语体系的关系》（手稿），张延俊《也论汉语“数・量・名”形式的产生》，赵大明《左传介词研究》，朱承平《先秦汉语句尾语气词的组合及组合层次》，朱红

《基于语料库的汉语第一人称代词分析》等。其中，有的只是一篇小论文，有的还是未正式出版的博士论文或者手稿，而该书作者都把它们全收了进来。而笔者之所以在此不厌其烦地予以罗列，也算是有意识地“立此存照”吧。

二

当然，在这部巨著的文本里，对“主要参考文献”所列的老中青三代学者的见解和成果，作者也不是完全“一视同仁”的，而是根据他们的学术价值与学术贡献的大小而“区别对待”的。这里有必要将文本里引用三次以上或是重点提及的中青年学者，逐个列出他们的学术论点或见解，以引起学界和读者的重视。

(1)关于人类语言的产生，作者多次引用姚小平《洪堡特——人文研究和语言研究》一书所介绍的观点：“洪堡特就认为语言的起源是一种‘突现’”，“汉语由于其强烈的语言保守性，保留了原始的孤立结构”；而且，“古典语体的汉语具有独到的长处，那就是把重要的概念直接系接起来；这种语言在简朴之中包含着伟大，因为它仿佛摈弃了所有多余的次要关系，力图直接反映纯粹的思想”。(第 2—5 页)

(2)关于上古汉语的一致性，作者多次指出，喻遂生也从周原甲骨和殷墟甲骨、商代金文和周代金文、殷墟甲骨和周代金文、殷墟甲骨和先秦典籍及商周文字的关系等多方面系统考察了商、周语言的关系，得出的结论与陈梦家完全一致，这就是“卜辞文法也奠定了后来汉语法结构的基本形式，周、秦的文字文法，都继承了殷代文字文法而继续一贯地发展下去”；并深入考察而得出结论：“甲骨文时代长，数量大，又能反映实际语言，其语料价值是毋庸置疑的。”(第 9 页)

(3)关于上古汉语语法的综合性，作者提及孙良明的考察，说他根据汉魏晋人的笺注总结上古汉语“动词”和“名次”的组合总共包含 24 种语义关系，其中“名＋动”9 种，“动＋名”12 种，“形＋名”

3种，这说明“语法结构的多功能性”；又说他论及“宾语前置句式的变化”时指出，一段时间的多数，后来可能变为少数；相应地，一段时间的少数，后来可能变为多数，这说明“多种形式一种功能”。(第22、27页)

(4)关于词头“有”，作者说他“重点参考了白平《‘有’非词头辨》”一文，指出：“汉语，尤其是古代汉语缺乏形态，兀自凸现出一个常见的‘词头’，这是非常可疑的。”于是他进而指出，“‘有’字很可能是一个具有实义的修饰语”。对此，作者综合各家意见作了十分具体的阐述。(第44页)

(5)关于状态形容词，作者参考杨建国的说法，认为“状态形容词是一种相对静止状态的描写，不具备概念上的可变性，所以不能接受时间副词和程度副词的修饰。从功能上看，性质形容词可以带介词结构作为补语，表示比较”；而“状态形容词不具备这种功能”。“性质形容词可以有‘使动用法’和‘意动用法’，状态形容词也不具备这种功能”。(第98页)

(6)关于次序记录法，作者采纳张玉金的说法：“殷商时期用数词记次序，形式上与普通基数无异，内容上一般是表示时间的顺序。例如‘唯王八祀’、‘七日丁亥既执’，‘八祀’就是第八年，‘七日’都是第七日的意思。”(第115页)

(7)关于人称代词的发展，作者引用钱宗武对今文《尚书》的考察比较多。如“我”字，据其考察，“今文《尚书》中自称代词‘我’用作单数凡74见”，“今文《尚书》‘我’用作复数凡122见”。因此作者说：“可见‘我’表单数已常态化了。”又如第二人称代词，作者整段引用他的研究成果：“金文《尚书》‘入’‘尔’‘乃’没有格的区别。……‘汝’‘尔’格位的使用只有偶然性没有必然性。……‘汝’‘尔’‘乃’‘而’单复数同形。”由此作者说：可以看出，上古汉语第二人称代词系统的“格”和“数”，呈现的是一种似有若无的面貌，其模糊性甚于第一人称代词系统。(第175、185页)

(8)关于副词和介词的发展，作者有几处采用杨逢彬的意见。

譬如说到时间副词时，“杨逢彬认为，殷墟甲骨刻辞中的时间副词只有两个：卒、气”。“这两个副词都是‘最终’的意思。至于它们的区别，大约是：‘气’是由动词‘气’虚化来的，而‘卒’是‘（时间上）到……为止’的意思。因而副词‘气’重在过程，可以译为‘一直’；‘卒’则重在结果，可以译为‘最终’。”说到程度副词时，“杨逢彬认为殷商时期程度副词只有一个‘引’，只修饰‘吉’，表程度高”。（第253、271页）

而殷商时期的介词，“杨逢彬认为真正可称得上是介词的只有两个：‘于’和‘自’”。不过他又指出，“殷墟甲骨刻辞中的‘于’还不是一个纯粹的介词；它还残留着一些动词性，还残留了一点词汇意义”。至于介词“自”的来源，“杨逢彬认为是由动词‘自’虚化而来”；而且“作为动词的‘自’，其意义本来是自足的，不一定要与其他动词连用。”但要表达“自……开始直到……”这样的话题时，“自”就必须与其他动词连用，在这一表达中“直到……”往往是表达的重点，这样，“自”及其宾语就处于从属的、不被强调的位置，以至于必须依附于某个谓语动词而存在，于是“自”就虚化为介词。（第275、279页）

（9）关于语气词的发展，作者多方采用张玉金、赵平安、李小军等的见解。如：“西周时期标示疑问语气的语气词主要有‘其’（旧读‘基’），见于《尚书》、《诗经》”；“近年来赵平安等学者考证，本原型语气词‘只’，是‘也’的写讹”；“李小军认为，随着‘已’动词性的减弱，‘而’的连词功能也在相应减弱，……而两者语义的弱化一旦达到一定程度，边界就会开始模糊，结合逐渐紧密并融合；最后‘而已’被重新分析为一个复合语气词。”（第364、366页）

（10）关于主谓结构的发展，作者提及甲骨学者历来有“后置主语”一说，并引用沈培的见解：这样的句子“应该是当时实际语言的反映”。他甚至“考虑到这种现象是否反映更早时期汉语的特点”，这“是很敏锐的”。（第397页）

与此有关的是系词“是”产生的时期问题。作者指出，据汪维辉研究，“标志系词‘是’用法完全成熟的否定式‘不是’”，“是在东汉时期出现的，这也远早于王力等所认为的唐代”。（第 428 页）

(11)关于后置定语的发展，作者谈到“名词性成分作后置定语，即所谓‘大名冠小名’”时，特别指出“这一部分主要根据孟蓬生《上古汉语的大名冠小名语序》”一文。这种后置定语比较多见的大致有以下几类：人名、地名、星名、动物名、植物名和水土名。（第 470—474 页）

(12)关于处置式的产生，作者完全采纳了陈初生的见解。因为引文很长，这里不能不作剪接：处置式的词序似是上承远古和上古前期汉语的宾语前置(引用者称作“受事主语句”)而来。宾语径置动词前面的句式与处置式的关系倒是非常密切的。这种句式可以看作是意念上的处置式，但意念上的处置式与意念上的被动式极易相混，后来古人才用介词“以”为语法标志，就像以“于”为被动句的语法标志一样。于是，“以”字句处置式就正式产生了。作者认为“陈初生的推理是有道理的”。（第 484—485 页）

三

现在轮到来重点梳理并评价这部巨著的独创性了。第一步，对作者的独创性需要有一个总体性的了解，这可以从该书后附的“主要参考文献”所列他本人的论文集可一目了然。其论文一共 21 篇，最早的发表于 1988 年，最晚的是 2013 年，时间跨度为 25 年。就其中所论述的内容来看，大致属于语言学理论的 2 篇，属于专书语法研究的 2 篇，其余 17 篇涉及上古汉语语法的名词、动词、代词、量词、结构、句子乃至造词法等，其“上古汉语语法史”的覆盖面不可谓不广。从这个角度来说，姚振武是最有资格撰写这部巨著的学者。此话绝不为过。这一节就是按照该书的论述顺序，系统地梳理并展示已经融入本书中的上述论文的主要亮点，以便让学界与读者比较全面地了解那么多独特见解的学术意义以及给学界今后思考与研究的启示。

(1)汉语较多地保持了人类语言初期的形式特点。这也是根据西方著名语言学家对汉语的评述,作者道出了其中的原委:“人类的思维形式、语言形式、逻辑形式最初本是三位一体的”,而作为“最古老的语言”的汉语,其“语法形式与人类思维形式、逻辑形式密切对应”。“汉语语法的保守性,至少可以从目前可考的三千多年的历史得到证实。在这三千多年中,汉语基本的语法格局始终保持不变”。(第5—7页)

(2)作者提出一个“古指称词”的概念和术语。它“承担着后来指示代词和第三人称代词这两套代词的功能。殷商时期有‘之、兹’两个。西周时期,逐渐又有了‘彼、是(时)、此(斯)、厥、其’等。西周中晚期开始,‘厥’逐渐为‘其’所取代……。‘兹’在东周以后就很少见了”。(第12页)

(3)关于上古汉语综合性的思考。作者指出:人类语言一开始就是分析与综合的统一体。由于这种关系,指称与陈述既对立,又统一;既互相区别,又可以互相转化。这种性质导致语言发展史中“同一化——多样化”不断交互出现的发展模式。我们在上古汉语语法发展史中看到的正是这种模式。他接着说,“显然,语法成分处于缺乏形态的‘孤立’状态时,综合性就特别强。据我们考察,上古汉语综合性的主要表现是‘一种形式多种功能’和‘多种形式一种功能’现象。这是上古汉语的主要特点,同时也深刻地影响了上古汉语语法发展的过程”。具体说来,名词兼有动词的功能,或转化为动词,是多样化的发展;真正的被动式“为n所v”与“数+量+名”格式的产生等,也都是多样化的结果。(第22页)

(4)关于语法成分的同一化问题。作者指出,“同一化是指几个相类成分统一为一个成分”。“第一种情况是,在同一语法范畴表达系统的多个成分中,某一个成分具有相对的普适性,表现强势,于是逐步取代其他相同(类似)成分,最终‘一统天下’。”他举的例子有上古汉语第一人称代词系统(我、余[与]、朕、吾等)具有综合性(多种形式一种功能),其中“我”的功能具有相对的普适性,…

所以最终取代了其他第一人称代词。“还有一种情况是，相类的多个成分虽然具有综合性，但最终的发展并不是其中的一个取代了其他，而是该多个成分被另外一个成分所取代。”例如古指称词“彼、是、此、其、之”等，当用于第三人称代词时，具有很强的综合性，但最终的发展却是另外的“他”成为专职的第三人称代词。（第36—37页）

由以上(3)(4)两点可以看出，作者对语法现象的深刻见解和辨析功力超出一般学者之上。正如作者自己所说的那样，“汉语的一些综合现象，过去也有所注意，但给出的解释多不能令人满意。现在我们找到了语言的综合性的逻辑基础，这就是基于本体范畴的指称与陈述的分化。于是语言的综合性与语言的分析性一样，具有了可证伪行。”这是新提出的语法理论与旧有的语法现象相结合的最好的例证。

(5)关于“逆演化”的问题。这是作者“特提出来供进一步研究”的问题。他指出：语法理论上的语法化，一般是指实词的虚化；但我们在考察上古汉语发展史的过程中，发现一些似乎是虚词实化的现象。他列举了三个例字。一是殷商时期的“允”，原是表肯定的语气副词，而到西周时，却演化为表“真实、确实、诚信”义的形容词的迹象。二是“必”，西周时是个语气副词，表断定、确定不移或命令的语气，而东周以后，又发展出少量动词的用法。三是“悉”，西周时用作范围副词，而降及东周，有发展为“使尽”义的致使动词的迹象。当然，作者也慎重地指出，“以上所谓的‘逆演化’，根据只是目前掌握的事实。情况究竟如何，也许有待以后发掘更多的资料来作更深的研究”。不过，敏锐地提出问题毕竟是解决问题的第一步。（第39—41页）

(6)关于助动词的发展，作者对于几对助动词的同异可谓辨析入微。一是“愿”和“欲”，他指出，这“是一对既互相区别，又紧密联系的助动词。‘愿’表示施事者的主观意愿。这种意愿的实现，往往需要所交谈的对象的配合或其他客观条件的允许”；而“‘欲’本义表示施事者即将独立做出他想做的行为，无需任何配合商量”。而且“战国晚期以前，‘愿’没有否定形式，‘欲’有否定式‘不欲’”。二是“克”和“能”，他指出，“二者意义接近，都表示‘有能力’、‘条件许可’等”。它们“主要是历时替代关系。‘克’最古老，见于殷商时期，‘能’出现于西周金文，以后逐渐增多，大约至战国中期以后，‘克’完全淡出，而为‘能’所替换”。三是“可”和“可以”，作者先是把“可”与“能”作比较，它们“虽然都是表示可能性，但所关涉的动作行为的方向不一样。‘可’表示由外向内，‘能’表示由内向外，所以二者在句中一般不能互换”。谈到“可以”时，他先指出它“是由助动词‘可’与介词‘以’由于经常邻接使用凝结而成的”，而后说，“助动词‘可以’战国中期以前多表示动作由内向外，……其性质一般来说相当于‘能’，而不相当于‘可’”；而且“‘可’和它的否定式‘不可’都可独用，即单独回答问题，……‘可以’没有此种用法。它显然与‘以’的前身是介词有直接的关系”。“但战国中期以后，这种区别逐渐模糊了”。四是“宜”与“当”，作者指出，“助动词‘宜’……比较古老，在西周金文中就已存在”，它“还经常处在主谓短语的前面或后面，表示评价”；而“作为助动词，‘宜’与‘当’的意义接近，用法则略有区别，‘当’不能放在主谓短语前面表示评价”（第81—97页）。

（7）关于“数＋量＋名”格式的产生，作者提出了自己的解释。他说，“整个上古时期一直是‘名＋数＋量’占绝对优势地位”。他排除众议，指出：“据我们的考察，‘数＋量＋名’比学界原先认定的时期要早得多”，因此，过去对其产生和发展的“种种解释，都有重新讨论的必要”。他认为：“就汉语，尤其是古汉语而言，两个不同的语法形式，在语义相同或者相通的条件下，往往可以不加分别彼此通用，这是一条重要规律。……后来的‘名＋数＋量’、‘数＋量＋名’格式也是如此。这条规律常常成为某些新形式产生的原因。”（第158—159页）

（8）关于动词转化为名词的问题。作者认为：“动词、形容词不用任何形式标记也可以名词化，并且所得出的类型与用形式标记的完全一致。”其“原因及规律就在于本体名词与动词具有天然的、内在的统一性。可以说，‘动’是‘名’的存在形式。一个本体名词，如果以分析的形式说出来，就必然要包含‘动’的范畴。反过来，一个‘动’的范畴如果指称化，就很容易指向它所依附的那个‘名’。”（第339页）

(9)关于构词法的发展。在谈到“作册”“御史”这类一般被认为是“动宾式”（或“支配式”）的复合词时，作者指出，“这个看法是有问题的。一个名词，是不能被分析为‘动宾式’的，反过来说，一个动宾结构也不能同时又是名词。这就关系到语言学中关于‘向心结构’的基本原则：向心结构的功能应与它的核心语的功能一致。动宾结构是典型的向心结构，其核心语为动词，所以动宾式的功能应与动词，而不是名词的功能一致。这是一条为无数事实证明了的规律。”他进而说道：“凡动作行为总是和动作行为对象相联系。‘转指’就是指动词性成分语义发生变化，转而指称与该动作行为相关的各种对象，诸如施事、受事、与事、工具等。转指是动词性成分的一项基本功能。从构词的角度看，不妨称之为‘转指造词’，它是汉语语法结构词汇化的一种方式。”（第386页）这无疑地为汉语构词法的发展增添了新的内容。

(10)关于主谓结构的发展。在这方面，作者也有它自己的论断：“本体名词以及相关的实义动词，是任何语言中最根本的成分。这二者最重要的句法表现之一，就是充当主语（名词）和谓语（动词），组成主谓结构。”而“只有指称或指称化的成分，才能充当主语；只有陈述或陈述化的成分，才能充当谓语。”这一结构涉及“主＋之＋谓”式的产生与消亡的问题。他认为，这种格式“不仅见于《尚书》（今文），还见于《诗经》的大、小雅”，“东周以降，‘主＋之＋谓’不仅继续存在，而且相当盛行。”这种格式在西汉初年已大大衰落，后来就消失了。作者说，这是因为“‘主＋之＋谓’的‘之’从一开始就不是必需的。也就是说，没有它，主谓结构也可以处在非独

立的、指称的状态下,并且这种性质依然可以是显豁的”。(第396—400页)

(11)关于受事主语句的问题。作者在这一节的开头就指出:“上古汉语受事主语句可分为意合句、遭遇义动词句、指称句,以及被动句四大类型。”在谈到意合句的发展时,涉及其中“于”字的性质与作用问题,他认为“于”既不表主动,也不表被动,“凡是能插入‘于’字的动宾结构,其‘于’字的作用就在于使原结构变为动补结构,从而强化该结构原有的语义关系。”(第401—405页)

在谈到遭遇义动词句的发展时,又涉及一个“见”字的性质与作用问题,他说:“经过观察我们发现,‘见’字与这些遭遇义动词(‘遇、遭、受’)一样,不仅用在动词性词语前,而且也用在名词性词语前,表述的意义完全一致。”在列举并分析了一些“见+及物动词”的例句之后说:“‘见’的遭遇义是从‘见’的本义直接发展而来的。……如果把‘见’看作虚词,则难以说明其虚化的过程,事实上也未见有人作过这方面的解释。”(第406—408页)

(12)关于被动式的产生。作者敏锐地提出:“上古汉语还有一种受事主语句,即通常所说的表被动的‘为’字句。该句包括两种形式:‘(n)为(n)v’和‘(n)为n所v’(括号表示其中的成分可省略)。对于这种‘为’,语法学界一直存在两种意见,……分歧的实质在于‘为’后的动词性成分究竟是对受事主语的指称,即动词性成分转指受事,还是对受事主语的陈述。”他认定“两者不仅产生年代不同,而且性质也不一样。前者是指称式,后者才是陈述式即真正的被动式”。(第412页)对此,学者马清华给以充分的肯定。他说:“借助国产理论对语法化问题进行独到的研究,是新时期语法化研究的一种方向性突破。”(《语言研究》2003年第2期)

四

在综观这部巨著之学术成就的最后,我们不能不概述如下几点:(1)对西方语言学理论的辩证吸纳;(2)对古代汉语“孤立”状态的深刻把握;(3)对从汉语自身的事实出发来思考汉语之理念的一再强调;(4)对古代汉语种种语法现象的细致辨析;(5)对老中青三代汉语语法学者各种见解的实事求是的评析。这几点在前面相关的引述中已经有所分析,这里就无须展开了。正如著者在其《后记》里所说的,"本书可能是第一部较为系统地考察当今一种活的语言在公元前一千多年间语法发展史的专著。……只有汉语,既有极长的历史长度,又有最为丰富、一脉相承的文献资料,具备构建这样一部语法史的条件。"主观和客观两个方面都提到了,著者思维之严密亦由此可见。最后,应当提及一下该书在语言学纯理论上的一些贡献。

其一,提出指称和陈述的分化产生了语言。作者根据几位世界顶尖级的语言学家的观点,认为语言的起源是一种"突现",是"灵光一现",是"基因突变";他又根据"语言,作为一种结构来看,它的内面是思维的模式"的见解,并参照古希腊哲学家亚里士多德把客观世界分为十个范畴,其中本体范畴占有特殊的位置,其他九个范畴(行为、状态、数量等)都是本体的属性的学说,明确提出:人类这种思维形式(本体—属性)反映到语言上,就是本体为指称(主语、名词等),其他九个范畴为陈述(谓语、动词等),从而构成一个短句(语言),同时也就是一个判断(逻辑)。接着他说道:"只有人类能够把同一个客观对象分成'本体'和'属性'两部分来认识和思考,同时用指称和陈述两分的方式表达出来。这就是人类语言'突现'时的状态。"(第2—3页)

其二,他在成段地引用西方著名语言学家萨丕尔的论述之后概括道:"人类语言最基本的成分就是名词和动词,最基本的关系就是词序和音势。其他一切都是后起的,非根本性的。既然是后起的,非根本性的,它就会留下发展变化的痕迹,就无法做到'说一不二'。与印欧语相较,这些后起的、非根本性成分的脆弱性,在古代汉语里表现得比较明显而已。"他进而指出,人类的语言,是不可能一开始就具有丰富的、复杂的形态系统的。所有的复杂都是由简单演化而来的。……语言的发展不可能是一种非此即彼的过程，其间一定有各种各样的中间现象。因此，“面对事实，需要改变的是理论，而不是扭曲事实来迁就理论。”他的这种可贵的见解，是由古代汉语人称代词“形态”的所谓“不严格性”而引起的。因此，他接着阐明：“古汉语人称代词的‘形态’现象，说穿了，就是一种整体‘孤立’背景下的，发展过程中产生的，局部的、暂时的、不成熟的形态化现象。……这种现象是弥足珍贵的，它对于我们深入理解人类语言类型，具有重要的意义。”（第 182—183 页）这就与该巨著第一章所论述的“上古汉语的语言学价值”起着遥相呼应的作用。

其三，在探讨汉语语法规则问题上，过去很长一个时期坚守“例不十，法不立”的原则。对此，作者提出了自己的看法。他认为，这个原则，“鼓励尽可能多地搜罗事实，其严谨的精神是值得提倡的。但如果说，在科学研究中，非要到‘事实’积累到一定的数量才可以立论，这种科研方法则是值得商榷的。‘事实’是没有‘偶然’的，只有事实的多寡才有偶然。是否‘事实’这是关键。只要是事实，哪怕再少，都要引起足够的重视。科学研究，对待事实不能搞‘少数服从多数’。凡是‘多数’，都是从少数发展来的，凡是‘少数’，都有发展为多数的可能。无数事实说明，忠实、发掘少数的事实，往往会成为科学发展的导线，应予格外的重视。”（第 427—428 页）这个尖锐的提法，对学术研究具有一定的警醒作用。

那么，该书是否也有某些遗憾之处呢？当然有。在这里顺便提出来供考虑。一是作者在说到介词“于”字不表示被动时曾指出，“其实早有学者注意到‘于’不表被动，如郭锡良、康瑞宗等均指出了这一点”。在其下的脚注里注明郭氏等人论著一在 1981 年，一在 1987 年。而笔者早在 1978 年就发表专文论证：“‘于’字在古代汉语里是个纯粹的介词，它只起一种单纯的介接和组合作用。理解了‘于’字本身的这种特点和基本用法，就不会对它的应用范围十分广泛而感到迷惑不解，也不会觉得它意义繁多、用法复杂而难以掌握了。”（《安徽教育》1979 年第 1 期）

二是论及放在及物动词前的"见"字的词性时，作者除了在正文中表明自己的看法以外，在其下的脚注中也提及："吕叔湘认为类似表被动的副词或词头；周秉钧视为副词；钱大群等视为介词。"对此，笔者也曾于1998年发表长篇文章指出，用在及物动词前的"见"有两种作用：一是表示被动，拟称为"见1"；一是不表示被动，拟称作"见2"。其结论是："其实，'见1'应当归入助动词"，"因为它不能引进动作行为的施事者"，而且"还可以从'见'字意义的引申虚化过程得到证实。"而"见2"则是"自彼加己之辞"，"我们主张把'见2'归入称代性副词，……就如同'相'字由动词虚化为带指代性的副词一样"。文中不仅申述了三条理由，而且还提出了与作者商榷的意见。(《安徽大学学报》1999年第1期)

以上两点虽然与作者的意见不尽相同，但对深入讨论相关问题应该有一定的作用；然而都没有引起作者的重视而把它给忽略了。

思路锐密，眼光犀利

去年八月末，我应邀出席由北京师范大学文学院举办的章黄学术思想国际研讨会归来不久，即收到南京师大李葆嘉教授邮寄来的他的几本大部头学术著作。我并未感到意外，这不仅是因为他也参加了上述研讨会，会上有所交流，而且多年来对他的学术行踪也有所了解。即使如此，在粗略翻阅过他的四大部著作之后，对其学识、智慧和勤奋仍然感到有些愕然，尤其是为其论文集《钩沉录》所深深吸引，本文标题所示立即在脑际浮现。这两句评语，并非笔者所撰，而是借用近 30 年前南京师大著名教授徐复先生对其硕士论文《清代学者上古声纽研究概论》的评价，来表达笔者对葆嘉教授近几年学术成果的总体认识。这里，仅就其《钩沉录》（上海古籍出版社，2012）所收具有代表性的几篇论文予以评析，尚望著者与读者赐教。

这部论文集共收录 37 篇论文，其内容涉及“上古音韵”“中古音韵”“官话音系”“文字训诂”“文化交往”“语言演化”六个方面，只消浏览一下其具体的篇目即知，既有微观考辨，亦有宏观综论；既有具体辨析，亦有理论研讨；既有传统学术之考证，亦有普通语言学之论述。仅此一书足以显示著者学术视野的开阔和逻辑思维的严密。

一

关于古代音韵学方面之论述的，有两篇特别值得关注，因为它确实具有于学海中“钩沉”的意味：一篇是属于“上古音韵”的《黄侃之古音研究系统论》，另一篇是属于“中古音韵”的《全面修订〈中国音韵学研究〉的力作》。先说前一篇。

论文开头在简略地交代清代上古音研究的背景之后，即明确指出：“与其师章太炎主考古不同，黄侃主审音，沟通古音、今音、等韵研究，标举十九纽和二十八部之说，集有清古音学之大成。”其十九纽之说：“有异文、谐声、古读、连字、对字、类隔、方音、译音等材料可资证明，不以二十八部相证而自可成立。”“古韵二十八部基于顾、江、段、戴、王、孔、刘诸儒所考，其说有周秦用韵、谐声等材料可资证明，不以十九纽相证而自可成立。”这两段立论，极其简括明确，毫不拖泥带水，应当说是有其历史的针对性的。

紧接着，著者追溯六十多年前林语堂对黄侃古音学所谓“乞贷论证”的掊击，指出“是昧于清代古音学史”，并有力地批评道：“十九纽与二十八部各有由来，不以对方之证明为立论之前提，与‘乞贷论证’何涉？反之，古声、古韵的研究结论殊途同归，相互验证，同处于等韵之一、四等，适足表明了古音研究结果的吻合性与古音体系的协调性。”以下他便从作为“黄侃古音学的灵魂”的音理、音史、音证三个方面来论证其古音研究系统论及其方法论。就“音理论”而言，著者指出三点：一是“音之常理，即声韵相合之理”；二是“音之变理，即声韵挟变之理”；三是“音之通理，即牵连相变之理”。就“音史论”而言，著者说明：“与前代古音学家相比，黄侃不仅治古音，而且治今音，治等韵”，因而其“成就卓然”。就“音证论”而言，著者不仅指明黄侃归纳了“反切未行以前可资证音之法”，即“形声、连字、韵文、异文、声训、合声、举读”等“七途”，而且阐明了黄侃音证的最大特色“是用《广韵》上推古音系统”，并“由《广韵》之析，到古音之合，又验之等韵”。这就是黄侃的古音研究系统论，可谓完整严密之论。

如果说并非擅长语言文字之学的林语堂对黄侃古音学的掊击在其后的影响还很有限的话，那么20世纪70年代末作为语言学大家的王力先生对黄侃古音学的批评所产生的影响可就比较大了。为了替黄侃古音学“正本清源”，宝嘉教授也不失时机地针对后者分析其中的原委：其一是“不明黄侃古音说学术之来源”，其二是“不明黄侃古音说基本方法”，其三是“不明古音研究的互证之理”，其四是“不明审音派之演绎之道”。在分析其中原委的过程中，著者特别强调：“人类知识系统本是一个互证系统，以论据推论题，以论题统论据；以结果揣原因，以原因推结果；以前提推判断，以判断证前提，皆可为循环互证。”“古音研究本是假说性研究，每一个方法只有相对合理性，……任何学科，特别是人文学科研究，必须在归纳与演绎、唯物与唯心、取证与假说之间保持一定的张力。”最后他总结道：“正是这种系统方法论，才使黄侃得以度越前修。也正是这种系统方法论，使后来者方能补苴罅漏，张皇幽眇，再创新说。”

再说后一篇。此篇所谓“力作”，是就与两位“20世纪汉语研究最著名的国际性大师”赵元任和高本汉“都有关系”的葛毅卿之遗稿《隋唐音研究》来说的。葆嘉教授颇带感慨地指出：“作为早年就在语言学界富有影响的音韵学家，以国际音标的标准发音号称‘金嗓子’的葛毅卿，不仅音韵学、语音学学力深厚，而且还是一位民族语言文字学家。”这位被埋没的学者，早年就对高本汉所撰《中国音韵学研究》的一些构拟结果持有异议，中年又对《切韵》音系进行了重新构拟，提出了一系列新的见解，在20世纪五六十年代的《切韵》研究中别具特色。其遗稿《隋唐音研究》就是葛毅卿大半生的心血之作。

著者追溯了他的撰写动因。葛氏早先“尽管接受了高本汉使用的历史比较法，但对高本汉具体研究中的‘形而上学方法论’进行了严厉的批评”：(1)没有详尽地占有材料；(2)对于所用的材料没有突出重点；(3)在处理材料的过程中漠视材料的时间、地点和条件等因素；(4)片面地、孤立地、表面地看问题；(5)没有联系实际而破坏了事物的内部联系；(6)好多立论或构拟都是凭空想象。不仅如此，葛氏“对继高本汉之后(50年代以前)中国学者的中古音研究多持异议”，其《隋唐音研究》批评的对象有周法高、董同龢、李荣、罗常培、陆志韦等学者的有关著作。葆嘉教授满怀深情地说：“可能也正是投稿的石沉大海和坎坷处境，促使他定要完成《隋唐音研究》。透过他对别人的严厉‘批判’和对自己结论近乎‘唠叨’的一再论述，可以看到他的焦躁不安和自信不足。”

以下对于葛氏遗著之“基本思路”和“主要材料”以及关于“声母音值考订”“韵头音值考订”“韵母音值考订”“调值考订和浊音送气”“《韵镜》内外转的独特阐释”“《切韵》音系的整合性质和解构拟音”等六方面的详细论析，就无须在这里引述介绍了。读者只消浏览以上八个小标题，不仅可以看出著者撰写本文的良苦用心，而且从中亦可领悟到葛氏当年的论述周详和用力之勤了。极有意味的是，著者提到“在葛毅卿撰写《隋唐音研究》的同时及其去世以后，特别是80年代以来，关于《切韵》音系及其相关问题的研究出现了一系列值得注目的成果”，随即罗列了众多音韵学者们有关这方面的五十多部(篇)论著。但是著者指出，这些论著虽然也对高本汉之专著的某些提法进行了批评和修正，“但都没有像葛毅卿这样对高本汉的方法和拟音进行严厉批判和彻底修正”，因此葛氏遗著的“学术价值还有待时贤之评说”。

显然，以上两篇“钩沉”之论，前一篇是为正本清源，后一篇则为拨乱反正。如果说前者需要评论者具备学术勇气的话，那么后者尤其需要著作者拥有学术良心了。无论是勇气还是良心，其实都源自同一个崇高的目标，那就是为了还原汉语音韵研究的本真历史，是对纯学术的发自内心的尊重。这正是笔者之所以读过这两篇论作之后感慨系之而难以忘怀的深切缘故。

二

关于文字训诂方面的，也有两篇引起我们的兴趣。先说《“句”字右文说》。这一篇的副标题是《右文中的华夏先民认知轨迹》，可见其立意之高。

此篇开门见山：“至清代小学大倡，以声音通训诂，右文说得到进一步的发展，但时有偏颇之词。”这是因为“一方面音义互相证发是汉语研究的基本方法，一方面声符兼义说的简单化论述在反证面前难以自圆”。因此，葆嘉教授提出，“依据见微知著或从个别发现一般的方法，可以选定一个声符，就其字族加以断代考察，然后寻绎右文形声字产生的认知历程以及相关问题”。

“‘句’字右文说”本是一个个案分析，而因其立意高，就不能不从纵横两方面来加以论述。著者先按照甲文、金文、篆文、楷书四个历史层次对“从句(古侯切)之字”进行断代考察：在甲文阶段，“句”字字形有二，皆为独体；在金文阶段，从句之字有 16 个，其中 6 个有曲意；在篆文阶段，从句之字 32 个，其中有曲意的 8 个；在楷书阶段，《集韵》中收从句之字 62 个，排除《说文》与金文已收者，新增 26 个，只有 3 个异体字有曲意。由此著者得出两个结论：一是《说文·段注》中所谓“凡从句者皆训曲”乃草率之言；二是汉魏以后没有造出一个代表新词的、有曲意的从句形声字。

接着著者指出，汉字的声符可分为两类：一类是纯粹声符，这类声符在形声字中只起表音作用；另一类是含义声符，兼含表音作用与特殊义素。前者构成的是单纯形声字，后者构成的是含义形声字。根据从句之字个案分析的统计及其发展轨迹，著者断言：单纯形声造字模式的创造力是极大的，只要汉字还在方块字系统内，如果需要，这种造字模式就可以提供用之不尽的形声字。反之，含义形声造字模式的生育力却是有限的，这种造字模式仅限于“汉字从假借向形声过渡的时期”内，此后几乎不可能再有恢复生育力的机会。最后他强调，“这种情况，与含义形声字形成的认知模式、文字体系背景和历史过程密切相关”。应当说，这是很有说服力而又深刻的见解。

其后，著者对“汉语字词的孳生方式”进行了剖析。他列举了两组汉语双音节词语：一是以“狂风、飓风、旋风、冷风”等为代表，一是以“门口、窗口、关口、伤口”等为代表。接着他指出，前者是“分化造词”，是从不同方面对“风”作出的限制；后者是“比拟造词”，是通过比拟式联想而造出这些性质不同而特征相似的词。这两种造词方式也反映在造字上，分化式可称为“区别孳生方式”，它属于理性思维；比拟式可称为“推衍孳生方式”，它属于形象思维。

著者的论述并未到此为止，他进而展开对“汉字右文的产生轨迹”的论说。依据普通词汇学的概念，葆嘉教授指出，初民在接触某事物的体验中形成语词，即所谓词的所指；对于一个语义内容给出的语音形式，即所谓词的能指。“这种确定的语音形式或听觉能指，就是语词，而在听觉能指的基础上产生的视觉能指，就是文字”。于是“遵循这一思路，可以从命名的方式、观念的发展、文字的制定三方面，对‘句’及从‘句’之字所表示的语言单位的演变发展分别考察，以揭示含义形声字产生的历史条件和具体过程”。对以上所述的三个方面，著者都分析了其中每一个方面的“三个环节”。前两个方面可以省略不说，就“文字制定的轨迹”来说，考察右文同源字的形成，可以发现的三个环节是：“1. 象形初文制定；2. 假借字根形成；3. 形声含义出现。”无须再细加引介即可显示，著者对其个案的分析是如何细致入微，对华夏先民认知轨迹的阐述又是如何深入到位了。

再说《〈水浒〉一百零八将绰号绎释》一文。说心里话，刚翻到目录上的这篇题目之时，我有点儿感到好奇，在《水浒》人物的绰号上能做出什么样的文章来呢？直至看完全文之后，我方才觉得细小水流也能翻出大浪花来：“在明清长篇小说中，以绰号作为揭示人物特征、刻画人物性格、丰满人物形象的工具，为《水浒》别具一格的艺术特色。”由于“绰号多用修辞手法，故分为比喻、夸张、借代与直陈四大门类”。试看四类之标题：“一、惟妙惟肖，取譬为号”；“二、入情入理，夸张为号”；“三、亦庄亦谐，借代为号”；“四、或雅或俗，直陈为号”。由四个小标题可见，著者也是用修辞的文笔来撰写这篇颇有趣味的文章的。用不着说，唯有第一门类内容最多，篇幅也就最长；其余三类加起来，其篇幅还不足其一半。

如著者所述，“比喻性绰号依据人物本体特征分为外貌、本领、德性三大类”。在“外貌类”之“相貌次类”下，著者又就其喻体划分为“借喻四灵（古人以麒麟、凤、龟、龙为四灵）”“借喻走兽”“借喻飞禽”“借喻英豪”“借喻神鬼”等五小类；在“体貌次类”下，除与上述相同者外，不同者有“借喻爬虫”“借喻职衔”“借喻器物”等。为避免重复，以下不再赘述。在第二类“夸张”中，著者又分为“夸其武艺”和“夸其技艺”两小类。在第三类“借代”中，著者指明代替“本体”的有“饰物、装扮、兵器、营生、身份”等。在第四类不采用积极修辞方式的“直陈”中，著者划分为“外貌、武艺、德性”三小类。

通过以上或详或略的介绍，读者足以体会到葆嘉教授那种观察入微、条分缕析而又逻辑严密的学风。

三

最后，想就“文化交往”和“语言演化”两组文章里各举一篇予以讨论。先讨论《吐火罗语文与早期汉译佛经文本》，其副标题为“与李羡林先生商榷，兼论反切的发明”。

众所周知，季羡林先生可谓大家，在梵文学与印度文化研究方面享有盛誉。他在其专著《佛教与中印文化交流》中说：“在中印文化交流的初期，我们两国不完全是直接来往，使用吐火罗语的这个部族曾在中间起过桥梁作用。”“最早的一些汉译佛经名词不是直接从梵文、巴利文译过来的，而是通过吐火罗语作媒介。”

即使素有文化史修养的学者，读了以上两段文字，也不会产生任何疑问，更不要说去考证这一类专题了。而葆嘉教授偏偏不放过这个一般人感到生疏而又难啃的题日，他态度鲜明地指出：“这一揣测，既有违历史事件的时间先后，也违背语言与文字、语言与翻译的相关学理。”

该文分为四节，前三节即是就上述问题展开论证的。第一节标题即为“早期汉译佛经时吐火罗尚无文字”，醒目而又明确。著者在概述文化考古学和人种体质学的研究背景之后，根据缪勒、济格等欧洲学者的最新发现与李铁、林梅村、马雍、黄振华等民族语言文字学者的研究成果，指出“吐火罗语族群包括四种方言：焉耆语、龟兹语、楼兰-鄯善语（用佉卢字母书写）、月氏语”。后来虽然经过历史的各种变迁，曾有过佉卢写本、于阗文、笈多体塞语写本，但“在伊斯兰化的过程中，阿拉伯字母逐步成为西域突厥的主要字母，西域的印欧语的原居民也逐步混血于突厥等民族中”。就是说，并未出现什么吐火罗文字。

第二节是论述“东汉汉译佛经底本非吐火罗文本”。著者概述西汉张骞通西域以来，东汉灵帝年间，洛阳胡僧会聚，翻译佛经，所用文字为巴利文（所写梵语）、婆罗米文（所书古雅利安俗语）与佉卢文（所写犍陀罗语）三种。“巴利字母源于婆罗米字母，而婆罗米字母与佉卢字母皆源于阿拉马字母，中原统称‘梵（胡）书’，将佛经汉译称之为‘改梵（胡）为汉’”。“既然东汉佛经汉译之时，吐火罗尚无文字，自然也就没有吐火罗文的佛经文本”。因此，“有语而无文的吐火罗语，也就不可能对早期汉译佛经的名词产生多大影响”。

第三节是“中亚单音节 fe 盖源于汉译之佛”。汉代将“觉者”译为“浮图”（佛陀），与梵文 FeDu 对应。季羡林列出中亚古代不同语言中对应的词形，并分为两组，一组是大夏文的，一组是中亚其他语言如吐火罗文、古波斯文、达利文等，并由此推断而否定了“佛”为“FeDu”的另一汉字音译“佛陀”的缩略或节译。葆嘉教授认为：首先，双音节的“FeDu”是梵语词，可证东汉译经的佛经底本是印度文本（巴利文、婆罗米文）或大夏佉卢文本。其次，东汉时新疆的一些小国和部族尚无文字或未信仰佛教，单音节的 fe 一组为后起之词形。再次，吸收外源词的本土化倾向，促使古代汉语往往要把外源词改造为单音节，用“佛”可能是“佛陀”之缩译的结果。因此有理由推断，中亚这些国家或部族称“佛”是接受后来汉译佛经的影响。

又季羡林认为，汉语“出家”一词，在梵文与巴利文佛经中只言“出”，却与吐火罗文完全一致。著者指出：这“仍然可以反推，吐火罗文中的‘出家’来自汉译佛经的影响”。他还结合史实“推断一些稍晚的汉译佛经名词可能曾受吐火罗语文的影响，但这是魏晋以后的事情”。

至于第四节“反切发明与来华梵僧或汉儒助手”，因与季氏无直接关系，故略而不论。前三节之考论，又再一次显示葆嘉教授的学术品格，即把还原汉语史的本真面目置于学术研究的最高地位，至于论说者的声望与影响如何是无须多加考虑的。

另一篇值得讨论的《语言关系类型学：谱系树模式的超越》，应当说是“语言演化”一组论文中比较具有代表性的一篇。该篇共分五节：一、现代人和现代语言起源的单源论；二、语言关系类型演变的连续—差异性；三、世界语言关系类型学的四分法；四、语言结构类型的历史演变连续统假说；五、人类语言的世界化进程。这五节标题就已经展示出著者学术视野之开阔与理论根基之笃厚了。说实在的，对第一节所论，笔者持有异议；对第二节所论，感到生疏；对第五节所论，觉得比较渺茫。因此，笔者这里仅就三、四两节予以介绍，想来读者尤其是相关学者会感到新鲜而有趣的。

著者提出“语言关系类型学”，并且明确“语系”模式不过是“语言关系类型学”中的一种模式，其目的在于“为世界上不同语言之间的不同关系的全面解释拓宽思路”。第三节所说的“四分法”，即所谓：“（一）语系：新石器—金属时期以来的语言文化同源分化”；“（二）语区：新石器—金属时期以来的语言文化推移同化”；“（三）语网：滞留在旧石器—新石器的语言文化蔓延传播”；“（四）语珠：滞留在旧石器—新石器的语言文化散落隔绝”。我们之所以把“四分法”的具体提法并列在一起，是让读者大致而更为明晰地看出其中的概貌。

下面再做些简单介绍。“语系”（包括祖语和子语、近亲语和远亲语）之下，分“闪含语系、印欧语系、乌拉尔语系、阿尔泰语系”；“语区”（包括核心语和周边语、覆盖语和底层语）之下，分“东亚大陆语区、巴尔干次语区”；“语网”（包括环节语和连锁语、近邻语和远离语）之下，分“原始达罗毗荼语网、原始南亚—南岛语网、原始巴布亚语网、原始大洋洲语网、原始印第安语网、高加索语网、科依—桑—班图—苏丹等原始语网”；“语珠”（包括语珠和语种）之下，分“北极圈语珠、小亚细亚语珠”。列举这些由著者创始的大小名称，是为了让读者对其“语言关系类型学”之说有个稍微具体而有层次的了解，以便引起阅读其原著的兴趣。

第四节所谓“假说”，应当引起语法学专业学者的关注。著者指出：“据现存的语言结构类型推断，最为古老的结构类型可能是保留着混沌性思维烙印的复综语。这是一种词单位与句单位尚未分离，构句单位为‘句词’的原始类型。就其内部结构而言，句词相当于其他结构类型中的形态复合词；就其运用功能而言，句词相当于其他结构类型中的句子单位。”由此，著者推断人类语言结构类型演变的总趋势是：“随着语义表达从笼统性到清晰性，语言结构呈现出语言单位的分析化、语法手段的附加化、语法成分的音节化和结合方式的孤立化的演变倾向。”依据多年来对普通语言学理论和汉语文言语法学的研究与考察，笔者确信葆嘉教授的上述“假说”是有其坚实的客观根据的，绝非纯粹猜测的“臆说”。

总之，《钩沉集》体现出的，是一种自由独立的理念、开阔严密的思维和纯正崇高的目标。

多方探索，接轨现代

——袁玉立《中庸义理》析评

安徽颇有影响的学术期刊《学术界》的袁玉立主编，于2012年奉献给学界与读者一部丰厚的论文集——《问学与问题》。就其目录来看，包括“中庸义理”“公共性哲学”“社会学问题”“学术期刊导向”“学术史研究”五个单元，可见其学术视野之广，涉及面之多。这与他作为学术期刊的主编的身份与学养，是十分契合的。

我与袁主编的交往，开始于2007年头一次在他主编的《学术界》上发表论文《试论“国学”的三个层面》，当时以及此后的几年，都只是“文交”，既未曾“谋面”，更说不上“深交”。直到最近几年，主要是为了给他主编的期刊推荐文章才开始“面交”了。于是，我对他个人才有了一点儿具体的印象，那就是直率、豪爽，颇有某些中青年学者那种特有的不卑不亢的气度。2016年春末夏初，他托我过去的一位博士生转送给我他的上述论文集。见到这部厚厚的论文集，我首先感到的是他应当有这么一部问世的学术著作、一部涉及面广泛的集子，因为他本来就是哲学专业出身，又担任了近二十年学术期刊的社长与主编。

正是由于袁主编的这部集子涉及面广泛，全面评论这部书我无能为力，但出于一种特有的学术使命感，再加上对于与“国学”有关内容的兴趣，我就从中选择《中庸义理》这一组文章，浮泛地谈一点感受与体会，且算作一篇学习笔记吧。

一

这个单元的第一篇是《释“中庸”》。开头就提出：“中庸要义是何，好像在学术史上还是个未解的问题。”“问题的症结在于，这里的‘中’不应当是任随人的主观意愿裁剪的社会事实，而应当是不以人的意志为转移的客观事物的本质，即‘真是’。因此，实事求是才是过犹不及或允执其中的潜台词，才是中庸本来的意蕴，才是《中庸》文本所透露的十分有价值的信息。”

真正是开门见山、直截了当。或许有些读者见了这段文字感到有点儿意外，而我却觉得自然，“文如其人”嘛。接着的两段文字，作者从学术史与考据之法两方面稍加解释。从前者而言，作者指出，“是儒学经典《中庸》最先强调‘尊德性，道问学’应以‘真实’为本，实诚达道”。就后者来说，作者交代，“自汉代以来，儒学渐次生成一种独特的学习、研究的方法，即考据，其精神义理是实事求是，其方法技术也是实事求是”。

文章的主干由两个大部分构成：其一是，“‘中’字在‘内’、‘正’意义上是对天人之际诸事物初级本质的概括：事物的根据在事物的内部，事物的本质力量是中正”。

袁总不愧是哲学专业出身，他受清代哲学大家戴东原所谓“由字以通其词，由词以通其道”的启示，也从古文字的考察入手，不仅查遍清代两位说文大家段玉裁和朱骏声有关《说文解字》中对“中”字的再训释，而且还翻阅了近现代古文字专家高亨、郭沫若、姜亮夫、罗振玉、商承祚几位先生有关论著中对“中”字的论述。在这样坚实的基础上得出结论说：“‘中’字最本原的，也是最具生命力的意义是‘内’和‘正’两义，……‘中庸’一词终变成一个博大精深的概念，不可能脱离‘中’字的‘内’、‘正’两个含义。”

不止于此，他还特别把段玉裁所谓“中者，别于外之辞也”的解说，与子思在《中庸·十四》里所说的“射有似乎君子，失诸正鹄，反求诸其身”二者联系起来，说明“主观不合客观，原因在主观有误。认识到事物的本质和根据在该事物的内部，正是先秦学问家把天人之际诸事物分门别类加以认识和改造，进而把主体和客体区别和联系的前提”。

其二是，“‘中’字在‘合’、‘和’意义上是对天人之际诸事物次级本质的概括：事物内在对立面相契合的经验事实使人们判定是非的标准，事物的本质力量来自于事物内在对立面和多因素的中和”。

作者进一步提出问题：如何从事物的内部去把握“中正”这一目的呢？答曰：人们是逐步从经验事实中去认识这一问题的。他说，“随着社会实践的发展，人们把‘射’中箭靶之行为也称为‘中’（去声），表示‘符合、正好、适中、恰好对上’。因此，‘中’又有了和合之义”。在他看来，这无疑启发了人们，天人之际的万事万物都有适当的位置、适当的用处。这种恰（正）好符（适）合的状态就是天人之际万事万物存在、发展的最理想的状态。

又不止于此，作者更从词汇学的角度论述“中”字在“合”与“和”意义上的演变。他说，人们首先使用的是“合”字，以概括事物间相契合（合乎、适合）的事实；然后用“和”字，既涵盖了“合”义，又对“合”的实质进行了探究。他进而解释：“合”字只是对一事物与另一事物、事物内部一种因素与另一种因素相投契的事实予以反映和概括，而当“合”字以难以说明事物与事物之间以及事物内部多种因素融合的事实时，“和”担当了解释和说明的责任。接下来，作者引用《孙子·九地篇》《诗·大雅》《国语·周语》《礼·乐记》《左传·昭公二十年》《国语·郑语》《论语》等诸多文献的有关叙说，来证实“和”字是怎样地深化了“中”的内涵，又是怎样地概括了事物间和事物中各因素、部分的相互依存的复杂关系的。

最后，袁总先引用《中庸》所谓“和也者，天下之达道也”，指明“和”与决定万事万物本性的“道”体连用，而被进行了“全面的哲学概括”。其后他又引用所谓“中也者，天下之大本也”，指明这读平声的“中”，是“主体以外客体自在的东西”，“是不以主体的意志为转移的事物的客观本质，是‘真是’”；而读去声的“中”即“中节”和“时中”的“中”，则是“主体所言所行应当符合客体的内在要求，主体所学所知应当符合外在的经验事实，人的主体思想应当随客体的性状变化而变化，是‘求是’”。

如此这般，从而揭示了《释“中庸”》一文开头一段所说的，“实事求是才是过犹不及或允执其中的潜台词”。

二

“中庸义理”这一组共有六篇文章，除了前面所评述的第一篇之外，标题或者文章中直接标明有“中庸”字样的还有四篇。如果头一篇可以说成是“中庸义理”这个总论题的纲领的话，那么第二篇《再释“中庸”》是这个总论题的扩展，第三篇《先秦儒家德性传统的核心价值》是这个总论题的深化，而第四篇《中庸与实事求是》则是这个总论题的再次梳理和最终结论。

先看第二篇。这一篇是从“中庸”的观点出发来开掘孔子的学说，因为“到了孔子生活的时代，‘中’上升到‘道’的形而上学高度，是贯穿一切‘为己’之学的道理和实理”。作者仍然是直截了当地指出：“孔子的全部学说，如果我们用‘中庸’或‘允执其中’观点看，可分为‘正己’和‘正人’两个部分。”接着他毫不含糊地做出解说：“‘正己’主要解决主观世界的认识与改造问题，‘正人’主要解决客观世界的认识与改造问题”。“‘正己’的关键是‘正心’，‘正人’的关键是‘正名’”。这真有点“快刀斩乱麻”一般的爽快！下面也是分两大部分来论述“正心”和“正名”的。

作者先说“正心”，紧接一句是“‘中’是如何在‘实’义上被使用的”。初看去，上下两句似乎有点儿游离。但作为读者，我们应当耐心往下看。作者说：“孔子的‘正己’思想在《大学》中有清晰的表达。”不错，作为后世所谓“四书”之一的《大学》，确实强调“修身、正心、诚意、致知、格物”那一整套说法，作者把这些归结为“乃是主体自我如何应对客观实体”的问题，“讲的就是‘持中’，讲的就是客观实体中所蕴含的实理”。他还把孔子“一以贯之”的“忠恕而已”与《大戴礼记·小辨》所谓“内思毕心曰知中。中以应实曰知恕，内恕外度曰知外”联系起来。这样一来，就把孔子所说的“中”和“正”与其后所流行的“实”义之间画了个等号。

至于如何应对“实”，如何获得真知，作者从《论语》和《中庸》中的几个关键句子加以概括：“(1)择善：‘多闻’云云；(2)思诚：‘九思’云云；(3)笃行：《中庸·二十》所云。”其结论是：“正心”的实质就是主张思维集中，反对“心不在焉”。也“就是纠正思维(心)不能指向作为目的物的‘实’和‘知’的状态，排除干扰思维集中的因素。”

再看“正名”，他说：“主张正名主义，积极参与名实之争，是孔子学说的中心问题。这个问题的实质是宣扬、贯彻中庸世界观、方法论，强调‘得事之中’，‘名符其实’。”说孔子强调“正名”，这有《论语·子路》篇里孔子回答子路的一席话为证：“名不正，则言不顺。言不顺，则事不成。事不成，则礼乐不兴。礼乐不兴，则刑罚不中。刑罚不中，则民无所措手足。”接着，他以《论语》中的“觚不觚，觚哉？觚哉？”和“君君臣臣，父父子子”等为例，指出：“孔子从人们的日常生活到政治生活对名要符实作了论述。”“孔子毕竟提出了一个名要符实、讲求真是的问题。”“给人们的认识指出了正确方向，推动了人的认识发展。”

就“正心”和“正名”二者的联系来说，作者认为，正心才能正己，正名才能正人，二者“都是中庸思维路线在认识论、道德论和政治学上的贯彻”。

把如实记载孔子言行的《论语》与其后学所撰写的《大学》《中庸》糅合在一起，都当作“孔子的学说”，虽然不无疏失之处，但把它作为春秋末期至战国中期以前那个时代的儒家学说，也并非说不过去。

第三篇论述的是“先秦儒家德性传统”，意在揭示其“核心价值”。作者分三个时段来论说：殷商的“德”是“顺天行事”；西周的“德”是“保民生息”；东周的“德”是“修己执中”。这就是构成先秦儒家德性传统的“三个有区别又有联系的价值观念”。这里用不着去概述作者是如何具体论述的，只消出示其各时段论述后的结论，即可大致看出他是如何深化其“中庸义理”这个总论题的。

对于殷商的“顺天”，作者说：“是人的主体性力量低下时表现的主体性意识，与其说这体现了初民的一种自我生存战略，倒不如称其是一种策略，因为‘顺天’不是目的，真正的目的是‘胜天’，以争取生存和发展。”

对于西周的“保民”，作者分三个阶段来作结：“第一阶段，‘保民’以‘生民’为特征”；“第二阶段，‘保民’以‘养民’为特征”；“第三阶段，‘保民’以‘仁民’为特征”。作者正确地指出：“爱人”观念的提出，冲击了早期宗法性“亲亲”为本的直系血亲伦理制度，是“进步的伦理观在‘保民’问题上的贯彻”。

对于东周的“修己”，作者指出，“以孔子为代表的儒家，透过外在的礼仪规范所表现的‘德’，发现了人们内心价值观体现得更为深刻、更为纯粹的‘德’”，即“《中庸》说的‘德性’”。正是以此为根基，“儒家第一次赋予了‘天之所视’的‘民’以主体地位”，“从而把保民生息与修己执中统一起来，完成了中国德性传统基本形态的建构”。

本篇最后的结论已经把“中庸”上升到哲学和政治学的高度：“中庸是人对自身的反思和自我意识，它是个体的‘人生哲学’，是华夏族的‘政治哲学’。”

第四篇论述“中庸的政治哲学意蕴”，恰好与上一篇的最后结论所提及的“政治哲学”相衔接。那么，其中的“意蕴”是什么呢？袁总仍然抓住“德”和“中庸”这两个关键词，分作三个方面来展开他的论述。这也是“一以贯之”的做法。

一是中和之德：多元一体。何谓“多元”？作者解释为：“异质，多个要素，并行不悖”。何谓“一体”？作者解释为：“关系密切，协调统一，一个整体”。而“多元一体的文本意义是多元化和一体化两个现代词义的综合”。接着作者从他拿手的现代哲学观念着眼展开论述。当然，他并没有忘记，依然回归道：“‘中和’思想……是先秦儒家对封建政治差等有序格局的总结和构想。”具体说来，“夏商两代从种族的繁衍壮大中，意识到一族本姓离不开与异姓相及，并视此为天意。周代则从一姓江山永禄，生活长久、稳定幸福的高度，意识到一姓和百姓、万姓的不容分割的关系，看到民情、民意的重要”。料想，读者读到这儿，也必然觉得这种论述的联系既抽象而又很有意味吧。

二是至诚之德：一统天下。作者引用《中庸·二十》曰：“凡为天下国家有九经，所以行之者一也。”何谓“九经”？答曰：“修身也，尊贤也，亲亲也，敬大臣也，体群臣也，子庶民也，来百工也，柔远人也，怀诸侯也。”何谓“一”？答曰：“一以贯九者，诚也。”此种解说既直接又简明，这是作者一贯的学风。他又联系前面的“中和”而说：“中、和、诚，这三个不同向度，却是同一归宗的概念，在儒家看来所揭示的正是这些问题的根本。”他着重指出，“诚”不仅是“物之性、物之德”，而且是“人之性、人之德”。接着他又考证起“诚”字的最初本义和思想渊源及其演变来加以证实。

三是中庸：多元发展，理性引导。作者以纯哲学的眼光剖析“中、和、诚”不同程度地揭示了事物本质的多样性特征：“‘中’是太极，是原因，是一切客观事物的本质；‘和’是发展，是化生，是事物本质的展开；‘诚’是性理，是目的，是事物发展的动因。”作者又从社会学的角度论析其功能：“一是统一体中个体的活力（和），二是统一体中理性的引导（诚）。不承认不追求‘和’的境界，就没有个体和个性的充分发展，共同体就没有生命力。”这就使得儒家的“中庸”学说，具有了现代哲学和现代社会学的理论意义。

三

最后，我们就来考究这一组论述“中庸”文章的最后一篇了。

其标题是《中庸与实事求是》，可谓与头一篇遥相呼应：头一篇是在开头一段即揭明主旨时点出“实事求是”，这最后一篇则在标题中即彰显“实事求是”。可见作者是何等地重视他对此论题进行论证而得出的结论的。

全文分为四个部分，前三个部分大致是前四篇文章所述内容的融合，当然，其中也有某种程度的开掘。这从三个部分的小标题即可领会：“一、中庸的中心词是‘中’，‘中’字的初始意义是‘内’、‘正’；二、中庸的使动‘词’是‘庸’，‘中’字还有‘合’、‘和’内涵；三、中庸一词指向普遍性内容时，‘中’仅指‘实’或‘诚’。”

这三个小标题，简明扼要，眉目清晰，极中肯綮。我们没有必要再加以论述了。至于其开掘的内容，袁总在第三部分的末尾说道：“为了了解中庸思想及其在我国传统文化中的学术地位，从逻辑上和系统上进一步把握中庸思想，我们试对中庸概念关系做以下图示。”读者只要翻阅本书第54至55页所列之图示，即可一目了然。这里，只作些文字说明，以便让读者有个大致的了解。这个“中庸概念关系图示”，分左右两个竖栏，第一行左边标明“中”，右边标明“庸”。自第二行至第三十九行，左右两栏分别注明“中”“庸”的各种各样的概念内涵。譬如第三行分别是“本然”和“应然”，第九行分别是“诚”和“诚之”，第十四行分别是“天”和“德”，第十七行分别是“实事”和“求是”，第二十一行分别是“体”和“用”，第二十六行分别是“道”和“德”，第三十二行分别是“仁”和“爱”，第三十八行分别是“即物”和“穷理”。

罗列这么多，是让读者进一步了解作者如此安排的内在逻辑关系。说句心里话，作为读者的我，只对其中四分之三的二者之间的概念关系有个比较清晰的理解，其余部分也不甚了了。这可能是由于我毕竟专攻汉语言文字学，相对来说哲学修养还不够的缘故吧。

现在轮到我们来考察分量最重的第四部分的内容了。这一部分的小标题是：“中庸之德的历史源头是弓矢文化，其近代形态是实学文化”。坦率地说，这个小标题的前面一半对我很有吸引力，因而阅读时很是投入。什么是“弓矢文化”？作者的回答是：“弓矢文化是指各民族初民在狩猎（生产）、御敌和礼仪活动中形成的与弓、矢（箭镞）、的（目标）、射（射事）相关联的习俗、信仰、知识、思想。”

作者非常敏感，说是“各民族”，他生怕读者会有某种怀疑，因而不失时机地引用恩格斯的一段话，在人类蒙昧时代的高级阶段，“从弓箭的发展开始，由于有了弓箭，猎物便成了日常的食物，而打猎也成了普通的劳动部门之一。……弓箭对于蒙昧时代，正如铁剑对于野蛮时代和火器对于文明时代一样，乃是决定性的武器”。这在一般形态上，既然“适用于一定时期的一切民族，不管他们所生活的地域如何”，那么还有什么可怀疑的呢？

接着，作者用丰富的“考古材料”来证实，“弓矢”在“华夏民族的成熟的狩猎经济时期”，已经在生活中所发挥的“显著意义”。弓矢的用途在经历了“用于猎兽”和“用于杀敌”两个阶段之后，便“用于赏罚（执法）”，这第三阶段才是真正意义上的“弓矢文化”。而这种文化，在中国的夏商周三代，“依次表现为三种形态：其一是射礼（持中）；其二是投壶之礼（持算）；其三是‘礼中’（持简策）之礼，指的是象征和评价人际交往活动中一切公正无私的礼乐行为”。

与上述三种形态紧密联系的，作者又从词汇学的角度说明，“在射礼中，‘射’中之‘中’（去声）作指示代词，指箭靶中心”；而“单独一个‘中’（去声），则是一个动名词，是‘射中’的简约”；“那个作为箭靶中心的‘中’（平声）正是箭矢所指之处，箭矢应‘中’（去声）之处”。虽然“中（去声）”作“指示代词”的说法不妥，但这毕竟让读者明白了“中”字不同的词汇意义，而且领悟其中所包含的深刻的文化意义。他引用《中庸》里孔子所说的“射则有似乎君子，失诸正鹄，反求诸其身”，“发而不失正鹄者，其唯贤者乎！若夫不肖之人，则彼将安能以中？”他进而指出，“在孔子看来，只有平心诚意、身体正直的人才能手持弓箭稳固地对准目标，射箭和做人是一个道理。

显然，弓矢文化包含中庸观念，中庸观念支持着弓矢文化。”就是说，弓矢文化是中庸观念的源头。

在分析了这个源头的积极意义和消极意义，以及中庸思想所经历的曲折过程之后，作者强调，“汉河间献王刘德在古文经学版本纂修与考据中主张的‘实事求是’方法”，“是子思著《中庸》以来，对中庸义理的最精辟的概括和身体力行，是以曲折和荫蔽的方式表达的实事求是义理”。

说到这里，有关“中庸义理”的话题应该结束了。因为下面所说的是关于“清代实学”的产生及其“贡献或特征”，虽然是这一组文章总论题的延伸，但毕竟“在本质上区别于儒学在历史上的表现形态”。

以上就是我研读《中庸义理》这个总论题下的一组文章之后，根据我对其中内在逻辑关系的理解所作的一番疏解和论述。如果需要概括其中的特点，那就有以下三个方面是比较突出的：

其一是多方探索。作者在文章中调动了古文字学、词汇学、文献学、社会学、政治学乃至哲学与逻辑学的相关知识，从多个方面来探索作为先秦儒学核心思想之一的“中庸之道”的义理。说它是论证至详、鞭辟入里，似不为过吧。

其二是追根求源。为了探求“中庸义理”的源头，作者不仅追索中华民族上古的夏、商、周三代相关的文献，而且还一直追踪到远古狩猎时代的“弓矢文化”，并与先秦儒家所说的“射礼”联系起来，作出了令人信服的结论。

其三是接轨现代。作者巧妙地沟通了先秦儒家及其后学的各种文献中相关资料之间的错综复杂的联系，又从中拈出“实”“诚”两个关键词，并把它们扩展开来，从而与现代的“实事求是”精神接起轨来，使得“中庸之道”具有了现代哲学的气息或意味。

至于要问起我内心的体验，那么，说实在的，对于前两点我还是比较地感到自然；而把儒家的“中庸之道”等同于现代的“实事求是”，似乎觉得其间还有“一步之隔”。这或许是我长期从事汉语言文字学与上古文献学的教研工作所养成的习惯性思维在作怪的缘故吧。

《续经籍纂诂》出版的价值

安徽教育出版社于2012年秋隆重推出大型辞书《续经籍纂诂》，这是学术界和出版界的一件文化盛事。这部大型辞书，是“十二五”国家重点图书出版规划项目与国家古籍整理出版规划项目，由吴孟复先生生前创议并组织我们安徽省内六所高校中文系近三十位教授与副教授通力合作、分工承担，自1987年末酝酿、启动至今，已经历时25年了。

据清代几位著名学者所述，当时学术界领袖、安徽休宁戴震（东原），鉴于“解经必先通训诂，而载籍极博，未有汇成一编者”，即“实创此议”，“欲纂集传注以示学者”，可惜“有志未果”。嘉庆年间，学宗戴震的浙江学者阮元“视学江浙，萃诸名宿为《经籍纂诂》”。顾名思义，所谓“经籍纂诂”，就是纂辑经籍文本和注疏中的“字诂”（字义解释），“即字审义，依韵归字，编成一书”。正如清代学者王引之所说，有此一编在手，“展一韵而众字毕备，检一字而诸训皆存，寻一训而原书可识”。该书《后序》称其为“取之不竭，用之无穷”的“经典之统宗，诂训之渊薮”，对阅读古籍起着检索寻源、学问门庭的巨大作用。

毫无疑义，由戴震首创而阮元主纂之《经籍纂诂》，在中国古代文化史上，不仅具有普遍公认的实用价值，而且含有独创性的学术价值，因而在学界影响深远，至今仍为学人所经常翻检。然而不无遗憾，该书纂集旧注自古至唐为止，有宋以后一片空白。有见识者皆知，宋代以后的经籍训诂，每见后出转精，宋学有胜义，明时有发现，清代有创获。如："中，不偏不倚、无过不及之名"；"诚者，真实无妄之谓"；"果核中有生气者曰仁"；"恕，推己以及人也"；"古人谓使者为信"；"悟，无心也"；"寤生，逆生也"；"光，横也"；"终，既也"；等等。以上真知灼见，皆发前人所未发，可补前人之未及，若不纂集成编，实为憾事。

所谓"续"，即承续阮元所主纂《经籍纂诂》之正编也。续编所收之传诂，自宋代至清末，使与正编相衔接贯通，集字诂之大成，为辞书编纂之文化史填补空白。作为彰明字义类聚相承之大观，其学术价值和实用价值显然与正编不相上下。只消翻阅续编一过，并联系其《序》和《后记》所言，可知该辞书有以下两大特色：

一是工程巨大。就收诂而言，所收典籍遍及经、史、子、集四部，而清代学者诸如"集释""集解""疏证""义疏""笺疏""志疑""杂志""述闻""通声""平议"等等，皆为巨著，大凡字诂，尽所搜罗，获益良多。纂辑如此大型字书，必得聚集在皖学者二三十人，分籍收诂，分韵编诂，加之全书仍旧用繁体字，冷僻字又多，致使难度较大，印刷烦费，因而编成以及审校、订正达十余年之久。依所定条例与平水韵编成106卷，共六百多万字，蔚为大观。

二是编纂精当。此项文史工程是一桩"千秋大业"，这既是纂集续编的崇高宗旨，也是参与编纂的全体人员和两位责任编辑的共同认识。因此，从选书到收诂，到编诂，到审核，务期精确，力争不误后学，以符合"大业"之实。所收书目有六十余种，虽说不是很多，但都是一向被学界视为精品，如《诗集传》《四书集注》《通雅》《字诂义府》俱为《四库全书》著录，《毛诗传笺通释》《毛诗后笺》皆为《大清经解》收入，《论语正义》《孟子正义》《墨子间诂》均被《诸子集成》选收。书前不仅设有韵目索引，还增列《笔划检字表》，极便于读者检索和阅读。初稿编出,先在内部实行三级审稿制,终由总纂和常务副总纂定夺。书稿送交出版社后,又先后经两位责任编辑多次全面复审,旨在尽心尽责,精益求精,确保千秋大业之质量。

众所周知,胡适曾论整理国故之科学方式有三:一曰"索引式的整理",所举之例即为阮元正编,续编之功用自同;二曰"结账式的整理",续编明显是自宋至清训诂之总结;三曰"专史式的整理",续编作为自宋至清语言文字学史之资料,尤无疑也。因此,《续经籍纂诂》的出版,不仅是古籍整理领域之一盛举,也是辞书丛林之一硕果。

最后不能不补充的是,安徽教育出版社为这部大型工具书的设计装帧可谓精到。全书印成大十六开本,分上下两册精装,乳白色的包装封面,古雅大方的题写书名,明显给人以稳重厚实、明晰大气的视觉感受。难怪有行家稍加翻阅即断言"颇具收藏价值"矣。

总而言之,《续经籍纂诂》是众多学者的心血结晶,具备"学术、实用、收藏"之三种价值,足以体现文化精品的内涵与外相。该书之出版,必定是功在当代,泽及后世。有诗赞曰:"皇皇巨著续元书,艰步历年二十余。人道新编铭古国,千秋泽及惠何如。"

治学的"秘诀"

治学,即一般所说的做学问。它究竟有没有秘诀呢?有人说没有,有人说有。说没有是就常理而言,说有是就非常理而言。

就常理而言,治学并无秘诀,只要认真读书,勤奋思考,专心致志,坚持不懈,就能够有所成功。这几乎是老生常谈的话题,也似乎是无人不知的话题。即使如此,老师在课堂上,学者在文章里,还是重复着这个看似无用而其实还往往有效的话题。

史书上称作"最为老师"的战国时代著名教育家荀子,其著述有一名篇《劝学》,开宗明义就说:"学不可以已。"其后云:"真积力久则入,学至乎没而后止也。"这前一句即谓:学习真正积累长久了就自会入门。荀子还对"为学之术"提出了两项基本要求,用白话来表达就是:学问精,能够讲明道理;知微妙,论证非常透彻。若能达到这两项要求,何愁不能在学问上"入门、知微"呢?显然,这是荀子从切身的教育实践中总结出来的,既独到又精要。

《淮南子·本经训》云:"仓颉作书而天雨粟,鬼夜哭。"历代学者都把此说当作神话。其实,按照文明社会的观念来思考,是可以做出合理的解释的。文字的发明造就了书籍的产生和知识的传播,因而推动了社会的进步,促进了农业生产的发展,导致了社会诚信的建立。农业生产发展的结果，自然是“天雨粟”（农作物的丰收）；而社会诚信的建立，必然使得“鬼夜哭”（所有专事诈伪的鬼怪必然绝望而哭泣）。这个说法，显示了文字、书籍的奇特作用。于是引出一个严肃的命题，即阅读就成了人类接受并传承知识的最重要的方式和手段。

既然如此，治学者自然就会密切关注阅读的对象，慎重选择对自身心性的提高具有极其重要作用的书籍。总的说来，应当是那些具有经典品质的书籍，也就是那些具有严肃主旨、严整思考、严正语言的著作。只有这样的文本，才拥有庄重的品格，才能够引领人们走向智慧，走向理性。不仅如此，治学者还须关注阅读的层次，其中处于最高层次的当是研究性的专业阅读，即围绕自己所从事的专业需要而进行的有系统的阅读，其目的完全是奠定坚实的专业基础。这至少要占去自己过半的时间和精力。当然，作为扩展性的辅助阅读，即为增厚理论基础和扩大学术视野而进行的高层次阅读，对治学而言也是需要的。具体说来，就是为了提高自身的思辨能力。时下人们常说理性主义，何谓理性主义？按我的理解就是：通过哲学、逻辑学、专业外语乃至心理学书籍的阅读，提升学术研究和思辨能力为主体的科学精神。

当然，无论是什么样的阅读，都要具备一种纯正的心态。记得宋代学者朱熹的《朱子语类》中有《总论为学之方》一卷和《读书之法》两卷。就读书问题，朱熹现身说法，所论之精要仍然是我们今日进入学术殿堂的门径。

读书要“精心”，这是朱子告诫的第一点。说的是阅读经典之作必须“专精”，必须下苦功夫。大凡经典著作，都已经过历代学者的一再品鉴，为我们提供了一个为学的基地。对这样的经典，朱熹说要细读一过，“一字不漏”。举个突出的例子，他曾依据经文句法发现今文与古文《尚书》之差异，即怀疑晚出的古文《尚书》二十五篇及其孔安国大序是伪作。后来果然得到清代学者的证实。如果不是精心阅读，朱熹怎么会有如此辨伪之发现呢？

然而，如果就非常理而言，又不能说治学没有秘诀。我记得上高中时，数学老师讲过数学奇才高斯的故事。高斯十岁时，老师在班上出了一道计算题："1＋2＋3＋4＋5＋……＋100＝？"其他同学都马上用加法做了起来。当全班同学刚刚做了几步算式时，高斯就率先举手回答说，运算结果等于5050。其速度之快，结果之准确，令老师大吃一惊。老师问他是怎么运算的，高斯说："我采用1＋100＝101；2＋99＝101；3＋98＝101；一直到50＋51＝101。一共有50个101，所以就干脆用(1＋100)乘50＝5050。"这个例子说明，高斯的异常之处在于多向思维，而不是一般人常用的单向思维。

试加比较：一般同学的运算步骤是：1＋2＝3，3＋3＝6，6＋4＝10，10＋5＝15，……这样要做99步加法才能得出结果；而高斯不仅采用了1＋100的加法(单向思维)，而且又采用了50个101相乘(多向思维)，因而很快得出结果。这就是非同一般的"智慧"。概括来说，当遇到问题时，只会用一种方法或一种操作路线来解决问题，那是单向思维的习惯；而能够从多种角度、用多种方式去解决问题，这就是多向思维的才能。

我们从中可以明白，前面所说的常理，是就"知识"这个层面来说的；这里所说的非常理，是就"智慧"这个层面来说的。智慧不同于知识。知识是公开了的智慧，而智慧是未曾公开的知识。世界上任何事物都可以学到手，唯有"智慧"在外，因为智慧的源头是"感悟"，它具有一种暂未外传的隐秘性。

说到这里，让我们想起中外两位思想巨人的至理名言：东方大思想家孔子云"温故而知新"；而西方大哲学家黑格尔说"熟知非真知"。这两句名言似乎相悖："温故"即为"熟知"，"知新"应是"真知"，于此二者之间，孔夫子是肯定之论，黑格尔却是否定之论。孰是孰非，我们应当如何甄别呢？其实，这两位圣哲说的都对，因为他们说的都不是必然性，而是一种可能性。"温故"如何能够"知新"？"熟知"怎么才能成为"真知"？哲学常识告诉我们，由可能性变为现实性，其间是有条件的，那就是必不可少的"思考"。这非常重要。只有通过思考,“温故”才能“知新”,否则“故”依然是“故”,永远也成不了“新”。也只有通过思考,“熟知”才有可能成为“真知”,否则“熟知”就有可能是经不起检验的“伪知”。

不过,思考需要有基础,要有材料来运作,这就是“温故”的“故”和“熟知”的“知”。否则是不可能进行有效的“思考”的。因此,孔夫子又辩证地指出:“学而不思则罔,思而不学则殆。”二者皆不可偏废。

要补充的是,仅限于思考,那还是就一般思维态势即常理而言。就非一般思维态势而言,还须具备某种“悟性”。悟性与思维二者都是人的大脑的产物,并具有可以不外传的隐蔽性。但二者又有区别:从行为特征上讲,“思维”是一种理性行为,它是有方向、有目的、有众人认同的逻辑程序来运作;而“悟性”则属于个人的感悟行为,它没有一般公众习惯的逻辑程序。“思维”往往严格遵守逻辑推理关系,这当然需要;但在创新过程中,其作用相比于“悟性”就显得比较软弱,并且其结果常常会出现与别人“雷同”。这在学术研究上是比较忌讳的。“感悟”一般不遵守常规的逻辑关系,但其作用却常常呈现出意想不到、甚至“不可思议”的效果。牛顿对树上的苹果只往下“落”而不往上“落”产生很大的疑问,做出与众不同的思考,因而发现“万有引力”的定律,就是一个“非凡悟性”的典型事例。

这样说来,治学要达到创新的“秘诀”涉及四个方面:阅读,思考,理念,悟性。阅读是基础,思考是过程,理念是知识积累的结晶,而悟性则是隐秘性智慧的突现。我们要注意,不要把“理念”与“理想”混淆不分。“理想”是面向未来的;而“理念”是面对过去的,是有关自己过去思维轨迹和行为记录的理性结晶。在治学过程中,能否具有创新思维,主要在于悟性和志趣。墨守成规,死抱框框,是不可能踏入创新之门的。大凡高级人才,都有一个“共性”,即具有非凡的触类旁通、举一反三的感悟能力。可以说,悟性是创新的灵魂。

不可否认，进行学术研究是否具备天赋有着很大的区别。具天赋异禀者，的确要比常人强许多。不过，那种得天独厚的人毕竟是极少数，所以学术之系统训练的作用就在于，使没有这方面能力的人也能获得这方面的能力。譬如阅读专业书籍和学术资料，有时会感到这里闪亮一下，那儿闪光一下，见得多了，又有些悟性，就会把各种亮光点连成一条或一片，达到一定的程度，也就是治学的最佳状态了。这种理想状态的出现需要较长的时间，但经过系统的专业训练，也能够使理想状态提前一些出现。

我们都把高斯和牛顿视为“天才”。所谓天才，就是当事人能够运用还处于隐秘状态的“悟性（智慧）”来驾驭知识的人，能够运用“感悟”出来的创新方法解决问题的人。这种尚未公开的“智慧”，就是能够将已经公开的“知识”看得十分透彻而将它“融化”，并另辟蹊径去创造。因此我们又说，不仅要懂得“思考”是成就的关键，更要懂得“感悟”是创新的灵魂。

那么对于受过系统训练的青年学子来说，如何才能使自己具备上述理想状态呢？

首先，要明确不限定于一个固定的、偏狭的研究领域或研究方向，那对自己是一种无形的束缚。须知，任何一种理路与方法都会对某种学术研究有助益。如果先为自己设定一个方向，就会先形成某种固定的范围，在研究过程中有意无意间会主动去迎合，以致削足适履，反而得不偿失。我们可以主要从事某一领域的研究，但从一般学术的角度会比较开阔一些，从容一些，这样或许更容易解放思想，治学的状态就不一样了。

其次，治学开始时少不了要“摹仿”，不过要选择真正的高人来摹仿。既要选择大家的优秀论著，同时也要注意选择一些比较容易“临摹”的论著，尤其要选择一些自己感到比较亲切的名家名著。因为学术大家大多有着不同的风格，有的通达，有的细致，有的擅长直觉，有的善于分析，有的喜欢大刀阔斧，有的则长于繁复论证。因此，临摹的选择要靠自己做出判断。切忌只看谁最出名，什么研究最流行，因为著名的大家与自己往往有很大的差距，而一时流行的东西总会过时。到了“摹仿”得像了，再把自己的特色发挥出来。概括地说，就是先寻找一个适合的方向，找到适宜的途径，然后再尽可能发挥自身的特长。

最后，要尽力开拓宽阔的思考路径，悉心培养自己的感悟能力，因为这是最有用的、也是最有效的创新基础。当今年轻的治学者常见的毛病，就是喜欢用西方的所谓先进观念去穿凿附会，随意来评判、取舍中国的传统学术。殊不知中西文化虽有大体相通之处，却也有“水土不服”的问题，不可强求对应。而所谓“创新”绝非一蹴而就，切忌功利方面的干预，其必要的前提还是靠持久、良好的阅读心态来逐渐积累，靠不断融合中西两种不同的思维理念来提升潜在的悟性，从而酿就自己的独立见解，形成具有个性的创新思维。

此外还应当注意，学术研究也会遇到“异化”的问题。按照马克思的看法，人的异化是资本主义时代一个普遍的现象。这说明，“异化”可能更多的是时代的制约与催化的结果。是这个而又不是这个，这是一个微妙而且颇具诡论意味的现象。且以“国学”研究为例，现在有各种各样的国学班，随之而来的还有各种国学的“学科”。很多人热衷于此，但也有人不予认同。这样，所谓“国学”便呈现出很不一样的内容与性质，可以说也是一种异化的表现。在治学过程中，立意于扩充学术兴趣和解决学术问题时，对这种“异化”现象要予以适当的考虑，如此方能正确地进行辩证思维、多向思考，防止走偏或误入歧途。

关于学位论文的写作

——以博士论文《西周金文动词研究》为例

一

学位论文的写作，必须明确范畴、命题和方法三项。命题即研究课题，这要根据自己攻读的专业、基础与志趣来确定。范畴即领域，指研究课题所属的学科领域。如《西周金文动词研究》，表面看来涉及古文字和文法学两个领域，但实际上主要属于文法学的范畴。写作前心里必须清楚，此课题为上古断代文法研究，而其内容涉及语法和语义两个层面。

说到动词，自然要讨论词类，因而提及《马氏文通》之“字无定义，故无定类”和《新著国语文法》之“依句辨品，离句无品”。此说若不深入思考，极易引起误解。一般汉语语法学史著作把《文通》归入所谓“词本位说”，把《新著》归入所谓“句本位说”，二者相对。其实马氏心中是“词有定类”的，若“无定类”，他又怎么给其“字”划分为“九类”的呢？马氏之所以那么说，原因有二：一是字与词有时混淆不清，二是字词的词汇义与语法义未能严格区分。

二

应当承认，马氏之言失误有其客观原因，即汉语是没有形态的孤立语(分析语),名、动、形三类词确实难以分清。汉语语法学界长期以来未能很好地解决这个问题就是证明,如高名凯、方光焘等著名语言学家即始终坚持“汉语无词类说”。

讨论汉语词类问题,须明确有专家语法和教学语法之分,前者“求其真”,后者“求其通”。讲语法的目的是认识语法规律,建立语法格局,掌握词法和句法的类型。但是,如果不分词类,又如何讲好语法呢?那就无从下手。因此,为了教学的实际需要,就确立了符合汉语实际的三个划分词类的标准,即意义、功能和关系。著名语言学家王力说是“意义、形态、句法”三项①,所谓意义是指语法意义,如表示事物、表示动作行为、表示性质状态等等;所谓功能是指在句中的职务,如充当主语、谓语、宾语等等;所谓关系是指与别的词语组成的结构,其中自然包括语序(即一般所说的“分布”或“配置”)。马氏的《马氏文通》强调“字义”(词汇义),黎氏的《新著国文法》强调“职务”,都未能完全符合汉语的实际情况。

关于动词的分类,首先自然是指语法学上的类别,如果单是划出动词,这并不怎么困难。因为就上述研究课题来说,并非一般汉语的动词,而是西周金文里的动词。确切地说,是言语作品里的动词,只要根据意义、功能、关系三项标准以及金文成句的语料,就大体能分析出来。

三

然而,就上述课题而言尚不能局限于此,作者还应当给动词区分下一层次的类别。这就必须明确,它也同样涉及语法和语义两个方面。除了严格区分这两个方面之外,还应当了解有关上古汉语语法的权威论著,至于现代汉语的研究成果仅能作为一般参考而已。无论是动词的语法分类,还是动词的语义分类,经典著作《马氏文通》都值得我们作为主要依据。另外,杨伯峻、何乐士合著

① 参见《语法和语法教学》,人民教育出版社,1956年版。

的《古汉语语法及其发展》也可作为参考文献。

词的语义分类，当属于词汇学范畴，实际上是语义逻辑分类。而语义逻辑分类是讲究层次的，所谓大范畴、次范畴是也。不明确这一点，在分类上也必然失误。论文里所谓“趋向动词”，是文法学的次类，而不是词汇学（语义学）的类别。例如其中所提及的“来、往、如、内（纳）、出、延、至”等，在上古只是用作动作动词，并不用来表示趋向而置于动词后面做补语。因此，在金文里再设立“趋向动词”就毫无实际意义，即无句法意义。又所谓“能愿动词”与“使令动词”，亦为文法学术语，而并非语义学术语，因为涉及所谓“兼语”等结构问题了。将动词按语义分类，是意义的小范畴，各家见仁见智，大小无差。

四

任何学术研究不可忽视历史主义的观点，语言学亦当如此。语言学有历时语言学和共时语言学之分。用前者研究汉语语法，即形成汉语语法史。“西周金文动词”的研究，应该从金文材料出发，既不能用甲骨文语法来套，更不能用现代汉语语法来套，否则即违背历史主义的原则。譬如用现代汉语语法里有“趋向动词”来证明金文里也有，就属于这一类失误。当然，可以借助现代汉语语法研究的成果与金文相比较，但其结果恰恰证明金文里不存在所谓“趋向动词”。现代汉语的“趋向动词”是语法类别，而论文所说金文之“趋向动词”却是语义分类，作者把它们混淆了。

五

论文既然设定了论点，那就需要论证。如何论证？无非是摆事实和讲道理。讲道理有时需要引证别人的论点，作为自己论证的依据，这就要求对别人的论点有个准确的理解。譬如论文中为证明上古汉语存在“能愿动词”，引用杨逢彬说：“在殷墟甲骨刻辞中，尚未发现能愿动词。”又引用某论文《甲骨文动词词汇研究》，提及甲骨文动词八大类之“行为动词中提到能愿动词三个”，其原文说：“‘克’‘可’的辞例很少，尚须结合其他材料进一步论证。”这又怎么能得出“可见，能愿动词早在甲骨文中就已经有了”的结论呢？所引二说，一是肯定“尚未发现”，一说“尚须论证”，显然不能作为论证“有能愿动词”的前提。那么，论文中所提到的“当、欲”是否“能愿动词”，就应该慎之又慎，不可草率认定。与此相似的，所谓“使令动词”的“使、令、乎（呼）、遣”亦须慎重考虑。“使”即“驱使”，“令”即“命令”，“乎”即“呼叫”，“遣”即“派遣”，它们原为一般行为动词，不一定就是后来所说的语法意义上的“使令动词”。

六

再说到方法。必须指出，方法既有其依存性，又有其层次性。所谓依存性，是说方法并不是完全独立的，它要依赖于学者的学识，在这方面切不可盲目。不具备一定的学识，没有相当的专业基础，再好的方法也是用不上的。所谓层次性，是说方法有哲学层面的，有逻辑层面的，有专业层面的。在这方面也须头脑清醒。

譬如论文作者提出“借鉴现代汉语语法研究的成果”，并把它与比较法并列作为研究“金文动词”的一个方法。这在逻辑上不能成立。“借鉴”只是一种特定的“比较方法”，其本身不能独立为一种方法。研究者的着眼点还要从“金文”语料之实际出发。例如论文里明明说“金文动词与现代汉语趋向动词有明显区别，即不能作趋向补语，只能作谓语”。这本来可以得出一个很好的结论，即证明“金文”中不存在语法学上的“趋向动词”。然而论文却还要设立“趋向动词”，岂不是画蛇添足？反过来这也说明，方法的运用，是与研究者的学识分不开的。我们务必切记。

七

最后须扩大开来说。鉴于汉语在类型学上的特点，研究汉语句法宜用综合的方法，即把形式、意义和语境的因素综合起来考察语言现象。汉语，尤其是古代汉语，其句法同逻辑的关系十分密切，对语境的依赖也很深，语法范畴大多是隐含的。

首先，作为一种语言系统，汉语的稳定性主要来自结构，因此对汉语句法规律的认识必须建立在结构分析的基础上。语法结构具有严密的体系性，语法的发展是整个结构体系的发展，各个组成部分不能离开整体，也不能割裂开来。离开了或割裂了，就无法确定某一部分在整体结构中的性质和作用。譬如所谓上古汉语“词缀说”，就不符合上古汉语内部的结构与格局。语法，尤其是句法的结构体系性，不是表现于个别虚字的演变，而是表现于结构段的特点及其格式类聚上。因此，句法研究当从结构段入手。

结构段的分析，有人区分为静态和动态两种：前者是把结构段看成一个要素替换而关系不变的半封闭系统；后者是把结构段看成一个由量变到质变的开放系统。就前者来说，譬如汉语处置式的出现，一般是以唐代“将、把”二虚字的出现为标志。如果从结构段及其功能的角度来看，处置式的起源可追溯到上古，当时的处置式是用介词“以”作为标志的。后来的“将、把”只不过是随语言的发展而替换介词罢了。

其次，语言比较是确定语言之间的异同点的逻辑方法。这里包括时间比较和空间比较，譬如古今汉语的比较，通语与方言的比较，汉语与外语的比较，其重点是深层结构的比较。以被动句为例，英语是从“主语＋系词＋表语”句脱胎而来，就是说，英语被动句既能表示动作，又能表示状态或性质，视上下文而定。而汉语被动句有两个来源：一是宾语先于动词，此时的动词实际上起着描述状态的作用（静句）；二是在动词前后加“可”或“于”等虚词，使动词起一种叙述经历的作用（动句）。

最后，综合研究的基础之一，是对语言现象作穷尽性的考察与分析。语言现象无论共时与历时，都不仅有质的规定性，而且有量的规定性。其质一般要通过量来表现。对语言材料的量的考察与分析，有助于汉语史发展规律的揭示。譬如《马氏文通》把上古“为

+之+宾语”的结构解释为“为+其+宾语”，此后学者意见不一。据调查，《左传》中“为之宾”与“为其宾”的比例是 7∶1。如果“之”=“其”，何必要用那么多的“为之宾”呢？又如偏正句的连词出现的次数，在金文中占 8%，在《左传》中占 18%。这种频率的变化说明，语法逻辑思维趋向严密，结构趋向简练。

由《约翰·克利斯朵夫》所想起的

早在大学中文系学习期间，我就认真读过罗曼·罗兰的长篇《约翰·克利斯朵夫》，工作以后闲时也曾经偶尔翻阅过。如今我已经进入耄耋之年，书中大部分情节已经模糊，但克利斯朵夫的特立独行的个性，他对巴黎庸俗文艺市场的挑战，对装腔作势、亵渎文化、蔑视人性、空虚病态、混淆卑微与高尚的指责，却至今难以忘怀。这是为何呢？因为大凡正直的知识分子，都具有忧患意识，痛感那些违背严肃道德的极坏的文化现象，抛却了人文主义关怀的本质，抹杀了严正的理性，消解了固有的尊严，动摇了人们对崇高理想的信念。这不禁令人联想到近几年来身边不堪入通雅之目的俗学陋儒所掀起的歪风邪气。

记得毛泽东于1926年针对当时的社会状况，在《中国社会各阶级的分析》一文中分析了各个"阶级"之后，有这么一段表述："此外，还有数量不小的游民无产者，……他们是人类生活中最不安定者。他们在各地都有秘密组织，如……上海等处的'青帮'，都曾经是他们的政治和经济斗争的互助团体。处置这一批人，是中国的困难的问题之一。这一批人很能勇敢奋斗，但有破坏性。"

所谓"游民"，早先称作"氓"或"流氓"，流者，游也；氓者，民也。

《诗经·卫风》有一著名诗篇就称作《氓》，开头几句写道："氓之蚩蚩，抱布贸丝。匪来贸丝，来即我谋。"这外表笑嘻嘻的"氓"，其实并非真来"贸丝"，而是很有计谋的。果不其然，等到丰厚的嫁妆弄到了手，结婚不过三年，"女也不爽，士贰其行"，这表面老实的"士"便一改其嘴脸。原来"士也罔极，二三其德"，就因为这"氓"的思想言行没有定准，反复无常。这种人，后来一般民众即称作"流氓"，起初之意本是指居无定所、品行不端的无业游民。与此相对的就是"地痞"，这种人虽然居有定所，但并无正当职业，整日游荡，毫无品行，自然与"流氓"同为一类。在半封建、半殖民地的旧中国，流氓、地痞中有一些由于怀有心计、善于拉拢而攀上豪门恶奴、贵府帮闲、无行文人。这批人构成的种种社会表现便形成了一种特异的文化现象，为了避开"流氓"这个词的狭义理解，称之为"痞子文化"较为适宜。

上述"痞子文化"很早就已经侵袭到政治界、文化界和教育界，于是就产生了一帮所谓"文痞"。文痞者，无行文人是也，即指那些擅长摇唇鼓舌、好动笔杆、毫无理性、不事正道而又特具破坏性的文人。这种"痞子文化"，在大"革"文化"命"的十年动乱中，发展到了极致的程度，谓之"登峰造极"亦不为过。"文革领导小组"的头头江青、康生、张春桥、姚文元等就是其中最为典型的代表。他们在捕风捉影、捏造事实、网罗罪名、落井下石方面无所不用其极。当时即有人称他们为"文痞"加"学阀"，其实就是下三烂的"流氓文人"是也。

就时下而言，痞子文化也有高低、时俗之分。低俗的如旧社会沉渣泛起的职业丐帮，残人者有之，自残者亦有之，这批人不惜毁坏形象，死皮赖脸，骗取同情，以获得财物。又如适应某种不正当需求而产生的职业医闹，小戳小捣者有之，大打出手者亦有之，五花八门，不闹得你鸡飞蛋打、不得安宁而巨额赔偿，他们决不收兵。

痞子文化之所谓"时尚"的，自然是近几年流行开来的网络文化中那些无序现象。在网络文化里，我们会不时地见到一些大大小小、乱蹦乱闯、一似无头苍蝇的痞子文人，他们有意利用网络文化的虚拟空间，随心所欲、肆无忌惮地造谣生事，混淆是非，罗织罪名，大泼污水，诬陷别人，吹捧自己；有的甚至祭起“文革”时期颇为灵验的“大字报”之阴魂，达到他们不可告人的阴险目的。如果你为此心烦意乱而与之计较，那就恰恰中了他们的诡计。

仔细想来，这种痞子文化具有以下几个明显的特征。

首先是其市侩性。痞子的最大特点是心目中没有国家，没有理性，没有良知，有的只是贪图私利而猥琐卑微。这些人在物质欲望乃至名利地位的需求上永远也不会满足，城镇、社区或单位的阴暗角落往往成为他们的麇集之地。

其次是其帮派性。为了图谋私利，他们动辄拉帮结派。众所周知，在近现代中国，最有影响的痞子帮派的典型代表当属以黄金荣、杜月笙为首的上海青帮、红帮。他们有心计，善拉拢。在这种痞子文化的土壤里，不仅滋长了政治人物和商界大亨，而且也滋生出所谓的教授学者。

第三是其欺骗性。这批人或者装着一副可怜的样子，以博取人们的同情与怜悯；或者披着专家教授、研究人员的漂亮外衣，到处招摇撞骗，混淆视听，搬弄是非，造谣生事，唯恐天下不乱绝对是他们的信条。

第四是其煽动性。这帮人是社会各界中最不安分的一种力量，由于他们贪婪成性，永不满足，因而始终是社会的一种破坏性的冲击力量。一旦有个风吹草动，他们就会摇唇鼓舌，煽动闹事，而社会越是动乱，其力量也就越大，他们获得的利益也就越多。

具有以上特性的那些人物有着无法弥补的人格缺陷，他们以自我为中心，狂傲自大，自以为是，只讲强横，不讲理性，动辄谩骂，好耍无赖。这本来是一种浅薄而落后的文化心理，是对人类文明的一种反叛力量，无论社会怎么讲法制，总也摆脱不了流氓本性，怎么也改变不了其见利忘义、损人利己的劣根性。权力崇拜、身份崇拜，已经深入他们的骨髓，于是他们对于比自己处境好的人和事都会产生超常的贪羡情绪与嫉妒成仇，当着自己的等级难以改变，而同等级人的身份发生变化之时，一股无名怒火不禁冲天而起，因为此种人最不甘心的就是别人超过自己。这种人往往不是把自己的一点点聪明和能力用在正常的竞争方面，而是想方设法，竭心尽力，从内部去消耗对方。

鲁迅先生在评论《三侠五义》《彭公案》等小说时说过，“许多市井中人，粗人无赖之流，因为从军立功，多得顶戴”。同样，那些“多得顶戴”的文人，也是痞子本性难移，无视法规、罗织罪名则是他们的拿手好戏。孔子云，“有君子儒，有小人儒”；“君子喻于义，小人喻于利”。此类小人儒者有时表面上礼貌周全，点头哈腰，骨子里见利忘义，贪婪不厌，妒忌成性，充分表现出专打小算盘的毫无出息的市侩品格。这种恶性文化现象产生的根源，当然是由于中国封建社会历史悠长，造就了集权专制、等级森严、高压态势的严重扭曲的局面。也正因为如此，文痞们最厌恶的就是民主平等，最喜欢的就是欺压别人，拼着命去冲击民主，为的就是要与绝大多数人不一样，以此来证明自己的特殊地位、自己的存在价值，因而必然轻蔑法制，侵犯人权。

痞子文化并非中国的特产，海外各国也很有市场。在亚洲尤其是日本，由于其根深蒂固的“幕府政治”，大多数豪门贵族的管家与武士，就有着浓厚的痞子习气，只讲强权，蛮横无理，粗俗无赖，动辄刀枪。这批人后来逐渐从政，成了豪门贵族的政治代表，从而助长了这个国家顽固的“右翼势力”及其军国主义精神。近几十年来，日本右翼势力所拥戴的历届政府首脑，除了极少数以外，大多是一些政治痞子当家，现时以安倍晋三为首相的日本内阁尤为突出。虽然一个个道貌岸然，但无赖习气依然，痞子腔调十足，他们屡屡否定其二战期间的侵略历史，不仅不像德国有头脑的政治家那样，向二战期间的受害国家与人民赔礼道歉，而且不少政客在其言论行动上多次违背人类社会之公德，忙不迭地参拜战争罪犯，极力为“慰安妇”问题辩护，否认南京大屠杀的血腥罪行；同时，还公然挑衅世界正义与二战后的国际秩序，挑起与东亚邻国的领土争端；即使冒天下之大不韪，引起包括本国有良知的民众在内的亚洲乃至世界人民的极大愤慨，也在所不惜。

我们再回到罗曼·罗兰的长篇小说上来。这位文学巨匠要向世人宣扬什么呢？显然，他是要赞美并宣扬“克利斯朵夫精神”，即痛斥那种不讲学理、蔑视法制、刻薄偏执、歪曲夸大、拉帮结派、争强斗胜，公然对道义、公正、良知、美善进行挑战的克利斯朵夫精神。唯有此种精神，才能唤起世人的人道主义关怀，促进对人性和生命的关注，推动社会的健康发展和人类的精神升华。

弘扬国学，光大中华

——《国学经典选萃解读·序》

在我们安徽省蚌埠市有两桩大事情很值得庆幸：二十年前开始，由固镇县扩展到蚌埠市，先后建立了两座民办行知高级中学；六年以前，一些教师与干部由不甘退休而走向研究，成立了民间国学研究会。一是教育领域，一是文化领域，在一个不大的城市出现这样两件大事，实在是不能不大书而特书的：这两件大事都明显地体现了中华民族优秀传统的价值观。

一

前者，不由得让人想起孔老夫子，他是中国历史上第一个把教育从贵族把持的束缚中解脱出来，让底层民众也能享受到学校教育的权利。众所周知，在周王朝时代，所谓"国学"与"乡学"都是官办的，学校的大门只是朝向贵族子弟开放的，一般平民都被关在校门外，更不要说农奴的子弟了。针对这样的情况，孔夫子提出"有教无类"的主张，并且身体力行而办起了"私学"，接纳三千弟子，当时的平民子弟这才有了读书的机会。这是由制度的贫困带来的教育的贫困。正因为是孔夫子在中国历史上第一个出来解救了这种教育的贫困，所以几千年来历代统治者与民间都尊奉孔夫子为"至圣先师”和“伟大的教育家”，其“有教无类”的教育思想已经作为中国教育学史的光辉开篇。

两千多年后的民国时期，安徽歙县出了一位陶行知先生，他从美国留学回来，秉承杜威的教育思想，融合东、西两方面的教育观念，提出“生活即教育”并身体力行，百折不挠地“为中国教育寻觅曙光”，大举创办了民间的“育才学校”，培养了众多的国家栋梁。也正因为陶行知是在闭塞的中国解救了由思想的贫困所带来的教育的贫困，所以近百年来民间都称颂陶夫子为“万世师表”和“人民教育家”，其“教人求真，学做真人”的教育理念也成为中国教育学史上的多彩续篇。

又到了二十世纪八十年代，改革开放挽救了当时中国的濒临崩溃的经济，虽经十年生息，但国家仍处于“教育贫困”的年代，尤其是在一些经济落后的小县城。当时还是固镇县党校教师的萧振宏同志，深受孔夫子与陶夫子教育情怀的感召，虽然自身生活贫困，却毅然决然地辞去了在党校任职的铁饭碗，不惜血汗而办起了第一个民间的“行知高级中学”，后来又延伸到蚌埠市区，建筑起一座规模不小、设备齐全的行知学校的高楼，使得眼看要闲散在家或流落街头的几千个学子重新获得了求学的机会。一位不起眼的教师萧振宏居然先在小小的固镇县而后又在稍大的蚌埠市，解决了由经济贫困而造成教育贫困的问题，岂不也是一件了不起的大事情？这种践行孔夫子“有教无类”的教育理念，和陶夫子“捧着一颗心来，不带半根草去”的情怀，不正是我们中华民族优秀传统的价值观吗！

二

后者，使人联想到中国所掀起的两次“国学热”来。安徽大学曹德和教授发文认为：“论及‘国学研究热’之频次乃是立足宏观看问题。高屋建瓴鸟瞰不难发现，凡是具有较大规模、较大成就以及较大影响且可以称之为‘研究热’的学术运动，总是为强大外因所触发，为强大外因所阻遏。前一次国学研究热为清末民初的救亡图存运动所激发，为1949年以后唯尊马列的极左思潮所封杀；第二次国学研究热为1988年是否应当以蓝色文明取代黄色文明的大辩论所点燃。”[①]就在这第二次国学热由起步期进入发展期的当儿，一个不大的蚌埠市一些退休的老人志同道合，组织起来成立了国学研究会，并且居然还办起了自己的刊物《国学之光》，不久前又推举萧振宏校长为研究会的会长，使民办教育与民间文化紧密结合，此种见识与魄力不能不令人肃然起敬。因此我相信，有民办的行知中学作为平台，民间的国学研究会就有了更开阔的施展天地，能够为光大中华做出更大的贡献。

既然是国学研究，首先自然有必要明确“国学”的内涵和外延。我在《试论国学的三个层面》一文中曾经论述道：“国学，是指体现中华民族特色的古代文化、民族精神与思维方式的传统学术。国学是在西方文化大举侵袭的情况下，于近代产生的、与西学相对的一个学术概念和一种文化格局。其内涵至少包括三个层面：一是载体，主要指汉字；二是形态，即用汉字记载的经典；三是方法，即由经典传承所体现的重训释、重考证、重综合的方式方法。”“其中，当然离不开前人所说的‘经学’”。

“毋庸讳言，用现代眼光来看，国学既有正面的、积极的、很有价值的内容，也有反面的、消极的、甚至僵化腐朽的东西。但是，其基本内核是前者，而不是后者.”其积极的方面“对我们民族精神的形成与发展都产生过极为深远的影响，造就了我们民族的整个价值观”。“经过历代国学大师的努力‘扬弃’，国学已经以其特有的稳定性、因袭性、自足性，形成了一种经久不衰的传统学术。”[②]

① 《第二次国学研究热中期盘点以及未来走向思考》，见《焦作大学学报》2016年第2期。

② 《学术界》2007年第3期。

三

联系这部经典解读，首先应当了解国学的源流，这可以用三句话来概括：一部经典，两位巨匠，诸多学派。前两句说的是“源”，后一句说的是“流”。

所谓一部经典，指的是《易经》。《易经》本名《易》，须知它历经三个阶段：一是自然形态，当为原始初民观察自然、体悟自然的集体智慧的结晶；二是哲学形态，当由孔子整理，并吸收老子学说而形成的哲学理念；三是阴阳形态，即经过战国末期至东汉阴阳家的改造，掺进原始迷信的消极思想。因此，《易经》虽然原初是卜筮之书，是古代宗教巫术的产物，但在漫长的宗教束缚中不断冲破巫术的牢笼而孕育出哲学的意蕴，表现出对整个宇宙的终极性的解释。《易》学所谓“仰观天文，俯察地理，中知人事”的“宇宙三才”，构筑了中华民族认知与理论上的框架，并由此展示其宇宙观及其学术演绎。

所谓两位巨匠，指的是老子和孔子。

由老子的后学所整理的《老子》一书，又名《道德经》。老子所谓“道”，基本上是指“天道”，即使用来说人，指的也是人的“自然性”。所以我把他定位为“昂首天外的哲学家”。他的巨大智慧表现为四个方面：“无为而治”的自然法则，“有无相生”的辩证法则，“祸福相倚”的处世法则，“自知者明”的人生法则。这无疑是对“自然人”之生命的关怀。

由孔子的弟子们整理的《论语》一书，比较集中地反映了孔子的思想。孔子所谓“道”，都是指“人道”，即专门用来解说人的“社会性”。所以我把他定位为“平视人间的思想家”。他的核心思想可概括为四个方面：“大同社会”的政治理想，“仁者爱人”的博大情怀，“中庸之道”的处世哲学，“有教无类”的教育理念。这应当是人类和谐社会的理想境界。

所谓诸多学派，主要是指战国时期的“百家争鸣”。就学派而言，其实并没有所说的“百家”，据《汉书·艺文志》所言，不过“十家”而已。《汉书·艺文志》曾论及各家的特点与长短。现就本书所提到的几家引述于下：

“道家者流，盖出于史官。历记成败、存亡、祸福、古今之道，然后知秉要执本。清虚以自首，卑弱以自持，此君人南面之术也。合于尧之克攘，《易》之谦谦，一谦而四益。此其所长也。及放者为之，则欲绝去礼学，兼弃礼义。”

“儒家者流，盖出于司徒之官，助人君顺阴阳、明教化者也。游文于六经之中，留意于仁义之际。祖述尧舜，宪章文武，宗师仲尼，以重其言，于道最为高。……然惑者既失精微，而辟者又随时抑扬，违离道本，苟以哗众取宠。”

“墨家者流，盖出于清庙之官。茅屋采椽，是以贵俭；养三老五叟，是以兼爱；选士大射，是以上贤；宗祀严父，是以右鬼；顺四时而行，是以非命；以孝视天下，是以上同。及蔽者为之，见俭之利，因以非礼；推兼爱之意，而不知别亲疏。”

“杂家者流，盖出于议官。兼儒墨，合名法，知国体之有此，见王治之无不贯。此其所长也。及荡者为之，则漫羡而无所归心。”

以上所引对各家的评述，虽未免偏颇，但大致不差。尤其是提及“放者、惑者、蔽者、荡者”之所为，对后世更有启示意义，即任何学术经典，都有被后人曲解之处。正如班固所说的那样，“时君世主，好恶殊方”，各家“崇其所善，以此驰说，取合诸侯”，结果“道术缺废，无所更索”。班固所批判的，正是我们今日所要警醒的。

四

最后，有必要说说现时学习“国学”的意义。

其一，有助于增厚我们中华文化的根基。要明白，在世界文明史中，只有中华文化被整体地延续下来，其他古代文明到最后都变成零零星星的存在。其中一个最重要的原因，就是中华文化是以具有丰富典藏的“国学”为其核心的。学习“国学”即能深刻把握中华传统文化的精髓，增厚自身的文化根底。

其二，有助于培养我们民族的博大情怀。“国学”是一个具有中华民族特性的思想体系，其内在表现为知识、才能、智慧和信念；外在表现为礼节、风度、气质和神态。譬如道家所强调的“顺应自然”“天人和谐”，儒家所提倡的仁爱情怀、正义精神、诚信品德、善良人性等，都是建设人类美好社会所需要的理念，也是与人类的崇高理想——和谐的自然环境与和谐的社会氛围息息相通的。

其三，有助于提升我们高尚的人格内涵。荀子云：“君子之学也，以美其身。”所谓“美其身”，即严格要求自己，滋养道德，陶冶性情，完善人格。包含在国学内涵之中的品格修养，即表现为人要按照某种理想和道德的标准来提升自己的崇高愿望，这个标准就是正直、坚定、高洁，具体说即历史上的圣贤品格。达到这个标准，是一个不断自我完善的修养过程。

总而言之，国学的积极向上的核心内容，不仅为我国古代文化提供了一个总体框架，而且也为现代文化教育研究提供了坚实的学理论证。在国际文化学术交往中，我们的学者要想克服诸如原创性缺乏、学术风格不明朗等弱点，看来没有别的选择，当在吸收先进科学的同时，还得从国学中寻找失去的话语权，并用现代的科学理念重新构建教育、文化、学术的新格局。显而易见，要真正地承担起这个重大的任务，就必须全面地了解国学的经典、载体与方法，熟悉并吸取历代大师具有影响的研究成果，从中寻找源头而夯实基础。

末了，在大致通阅本书之后，实事求是地说，本书不少篇章不乏独到见解与闪光之处；不过，其中也有某些具体的解说与观点，笔者不能苟同，因为“国学”毕竟具有其本身的严肃性。但这并不妨碍各抒己见，该书在总体上必会发挥其“弘扬国学，光大中华”的影响和作用。

感谢经典，孕育成果

连我自己也没想到，在古稀之年完全退休下来之后，会专心写起文学性的散文来。

回忆起工作以来的经历，我似乎感到一直是在有些儿“被动”地走到退休。1959年夏大学毕业，我就被分配到省城安徽教育学院任教，当时讲究服从工作需要，从此就跟自己所喜爱的外国文学断绝了关系，讲授起现代汉语和古代汉语的课程；1973年秋，调到安徽大学中文系，先后教授古代汉语、训诂学、汉语史、文言语法专题以及“《马氏文通》研究”等各层次的必修课与选修课；以至于接近花甲之年还担任起汉语言文字学的硕士生乃至博士生导师。半个世纪以来，出于教学和研究的需要，我又不由自主地对古代文献逐渐产生了浓厚的兴趣，倾注精力深入地钻研起先秦时期的诸子散文。在当时的那种历史条件下，我总以为就这样地度过自己的教书生涯了，绝没有料到还会转身回到我年轻时所喜爱的文学上来。

2009年春天，我和老伴儿去美国探亲，来到费城近郊的儿子家，目的是照顾两个年幼的孙儿。那几年，我每天早上先后送他俩到指定地点乘校车上小学，下午到规定的站口接孙女和孙儿回来；老伴儿则在家中负责做饭和烧菜。这样的生活，说是享受着孙儿绕膝的天伦之乐也不为过；但毕竟是在异国他乡，不懂英语，不会开车，所谓“言语不通，交通不便”，其乐趣也就大打折扣了。

可以想见，远离了国内半个世纪朝夕相处的书房，没有了五十年来潜心相伴的专业书籍，儿子书房里一溜排书架上几乎都是陌生的英文书，你知道那是个什么样的滋味儿吗？我不禁想起刚上初中时读过的第一本大部头的书，就是英国作家笛福写的《鲁滨逊飘流记》。当年，书里面的主人公带着年少的我，在那海外荒岛上遨游了一番，从中领略了他那艰难曲折的经历，以及如何披荆斩棘、战胜磨难的非凡毅力。如今呢，在费城儿子为我们夫妇俩安排的居室里，不可谓不敞亮舒适；可是整日整月的大白天，上班的上班，上学的上学，除了看报、散步，无同事招呼，无师生交流，出门无车，在家无友，夫妇俩过着“与世隔绝”的日子。尤其是我，简直就感到如同鲁滨逊，在没有一本专业书、与长年熟悉的专业毫不着边的“孤岛”上生活着。

然而物极必反，就是此种难得的境遇，没有任何其他感知与褒贬的纷扰，有的只是身心绝对的清静与超脱的自由，就如同身处世外桃源一般令人陶醉。是的，唯有此时，本属于自己的大脑方才展开双翅作“逍遥之游”：莎士比亚的四大悲剧，巴尔扎克的人间喜剧，托尔斯泰的长篇巨制，契诃夫的精妙短篇，甚至希腊的史诗、英国的乡曲、德意志的歌德、俄罗斯的普希金，又重新回到了我的心坎上，那种藕断丝连的甜蜜感觉，只有当事人才能体悟到。由此再扩展开来，“民族魂”鲁迅先生的“呐喊”，哲学家罗素的“炽热的激情”，文学家陀思妥耶夫斯基的“圣洁的灵魂”，温柔地轻轻叩击着我的思想深处，于是，身心立即轻松了许多，情致也改变了许多。无论是生活社区的见闻，还是外出旅游的感受，自然与我从事教学研究时大不相同，于是由着自身的情趣和兴致写起随笔、游记来，犹如行云流水，其浓厚的意兴来得那么地自然而然。

在儿子家住下不久的一天下午，孙女秋莎放学回来，儿媳要我陪同她和她的两个孩子驾车一道去社区图书馆还书与借书。我真是求之不得，参观一下美国的地方图书馆正符合我的意愿。图书馆规模不大，范围如同国内一所普通的小学，也没有牌楼式的大门，但设备齐全，整洁有序，而且又是自由开放的管理方式。令我喜出望外的是，这儿不仅有中文图书，还有翻译过来的世界文学名著，而且各社区图书馆之间实行连锁管理，相互交流，互补有无，因而每个图书馆除了使用自身的经费定期添置新书之外，各图书馆的图书还能不断地交换更新。这不仅仅丰富了我日常的生活，更是激发了我往日的情愫。

让我原有的文学情结得以充分激发的，是费城地区的四五家中文报纸，其中影响较大的是台湾人主办的《世界日报》和大陆来的华侨主办的《海华都市报》。由于不再有汉语教学和学术研究的负累，加之如饥似渴的阅读和在美国由东而西又由西而东的游览，毫无功利色彩的随笔、游记、杂感从笔端涌出，随着自个儿的性子游走，我从电脑敲击与发稿中获得极大的乐趣。开始时试探着选择三家中文报社发去文稿，随笔《费城生活掠影》首登《海华都市报》，诗歌《家园协奏曲》次载《世界日报》，而投送最多的是贴近生活、贴近民众的《海华都市报》。其原因不仅在于这份报纸有着一定的生活品位，既没高腔拿调，也不媚俗取宠，而且还在于它讲究版面设计，追求图文并茂，给人以舒心而耐读的享受。不久，我就成了这家报纸的常客。

过了两年，2011 年 5 月初，我把发表过的散文结集好带回国内。次年年底，人还寓居在美国，书即由安徽教育出版社出版，这便是《顾盼集》的问世。第一次由学术向文学的转身，便得到了不少同道的肯定，这才坐实了我这个到了老年才转行写起散文来的人的底气。接着，去年年初，我已回到国内，第二本《睎眠集》也由安徽文艺出版社出版，并获得了好评。于是，我底气更足，信心倍增，目前第三本《鼎立集》已在运作之中。

感谢文学经典，是经典孕育了我的那些成果啊！文学如此，学术亦如此。